レルムのささやき

人生、愛、ファンタジーの物語

Translated to Japanese from the English
version of

Whispers of Realms

Spondon Ganguli

Ukiyoto Publishing

全世界での出版権はすべて

Ukiyoto Publishing

2023年発行

ISBN 9789360167967

www.ukiyoto.com

献身

心からの感謝をこめて、まず、この物語を書き記すことができる力、知識、能力、機会を与えてくださった全能の慈悲に謝意を表したい。

私にとって人生の旅路は決して平坦なものではなく、しばしば手ごわい挑戦や不利な状況に見舞われてきた。しかし、このような試練にもかかわらず、私は執筆活動へのコミットメントを揺るぎないものにしてきた。大切な友人であり、揺るぎないサポーターとして私の人生を彩ってくれた、選りすぐりの錚々たる人々の存在があったからだ。彼らの知恵と揺るぎないモチベーションは、ストーリーテリングという芸術を不屈の精神で追求する私の原動力となった。パピア・ゴーシュ（パル）夫人とジャナルダン・ゴーシュ博士のご指導と励ましが、私の執筆の旅の礎となりました。彼らはまた、真面目で鋭い批評家としての役割において、常に私を前進させてくれた。記憶と影響の領域では、早々にこの世を去ったが、私の執筆キャリアに永遠に影響を与えた 2 人の人物を大切に思っている。故サタダル・ラヒリ師のかけがえのないアイデアと助言は、間違いなく私の創作活動を豊かにしてくれた。亡くなった両霊に、深い敬意と賛辞を捧げる。

この本の実現に浮世絵出版が果たした役割は過言ではない。彼らの献身的な努力は、私の願望を具体的な現実へと変えてくれた。

スポンドン・ガングリ

レルムのささやき人生、愛、ファンタジーの物語

ウィスパーズ・オブ・レルムズ』では、人間の感情の繊細な糸をたぐり寄せ、幻想的な世界の魅惑と絡み合わせた魅惑的な短編集に浸ることができる。このアンソロジーの各ストーリーは、現実とファンタジーを融合させ、愛と友情の甘美なメロディーから、憎しみ、嫉妬、犯罪の苦い和音まで、さまざまな味わいのシンフォニーを奏でる、ユニークな体験のタペストリーである。人間の深層心理とイマジネーションの無限の領域を探検しながら、多様な物語を旅する呪縛にとらわれる準備をしよう。

″ウィスパーズ・オブ・レルム　″は万華鏡のような動きと経験で、日常と魔法がぶつかり合う。愛と友情の高みから闇と犯罪の深みまで、これらの物語はあなたを虜にし、感動させ、さらに多くを渇望させるだろう。このコレクションに入り込み、人生とファンタジーが提供する無数の味を体験してほしい。

内容

ボルーの旅

愛と喪失と贖罪の物語

昔々、ある古風な小さな町に、ローハンという名の少年が両親と暮らしていた。彼は明るく幸せな子供で、5 歳の誕生日には父親からボルという名のテディベアをプレゼントされた。それ以来、ボッルーはローハンの常に連れ添い、最も大切な財産となった。

キラキラとした瞳と温かな笑顔が印象的だった。ローハンはボールーと遊ぶのが大好きで、一緒に空想の冒険に出かけ、魔法の国を探検し、空想の敵に立ち向かった。ローハンとボルーの絆は日を追うごとに強くなり、クマは彼の生活に欠かせない存在となった。ローハンはこの 5 年間で数歳成長し、身長も数メートル伸びた。

ある晴れた日、ローハンの父親の先輩であるアミット・ヴェルマ氏が、ローハンと同じ学校で同級生だった息子のラフルを含む家族とともに家を訪れた。ラーフルは傲慢で利己的な性格で知られていた。ボルーを見て、彼はその愛らしいクマと遊ばずにはいられなかった。

夜が更けるにつれ、ラホールと彼の家族は帰る時間になった。しかし、ラーフルはボルフルと別れる準備ができていなかった。両親の説得にもかかわらず、ラウールはクマをローハンに返すことを拒否する。ヴェルマ氏は息子の行動に困惑し、事態を収拾するため、ローハンの父親はラーフルにボルーを預けることにした。

ローハンは寛大で心優しい子供だったので、抗議しなかった。しかし、彼の心は、親友だと思っていた最愛のボルーのために痛んだ。彼は母親を見上げ、無言で自分の気持ちを伝えたが、母親はそのとき何もできなかった。

ラフールの両親は、翌日、彼と話してクマを返すと約束した。ローハンの両親には、ラーフルはおもちゃをたくさん持っているし、普段はこのような行動はとらない、と断言した。その言葉とは裏腹に、ローハンの両親は息子の悲しみを心配せずにはいられなかった。

その夜、ローハンはベッドに横たわると、痛みに泣くボルーの夢を見た。夢の中で、ボルーの両手と両足が切断され、歩くことができなくなった。彼の柔らかい体は鋭利なナイフでひっかかれ、引き裂かれていた。ローハンは冷や汗をかきながら目を覚まし、涙を流し、胸に沈むものを感じた。

ローハンは知らなかったが、彼の夢は予知夢だった。帰宅後、ラーフルはしばらくボルーと遊んでいたが、怒りとわがままに負けてしまった。彼は怒りにまかせて罪のないおもちゃを引き裂き、ボルーを哀れな状態にした。彼は思わず、ボロボロになったボルーの残骸をバルコニーからゴミ箱に捨てた。

翌朝、ラフールの両親は息子の行為の重大さに気づき、今回の事態を深く反省した。彼らはローハンの家に駆けつけ、謝罪してボルーを返した。彼らが到着したとき、ローハンの両親は打ちのめされ、ローハンは失意のどん底にいた。

ヴェルマさんの家族は事情を説明し、ボルーの残骸をローハンに引き渡した。最愛のクマがそんな哀れな姿になっているのを見て、ローハンの心は押しつぶされそうになった。しかし、その目は悲しみの中にかすかな希望を見せていた。

息子の純粋な反省に心を動かされたヴァーマ夫妻は、事態を正すことを約束した。彼らはボルーを新品のテディベアと交換することを提案し、ラウールは申し訳なさそうに自分の行動を悔やんだ。ヴェルマー家は、ラフールにより良い価値観を植え付け、共感と優しさの大切さを理解させることを誓った。

その後数日間、ラーフルはローハンと過ごし、友情を修復しようとした。二人は事件について話し、ラーフルは自分の行動の重大さと、自分がいかにロアンを深く傷つけたかを悟った。2人の少年は最終的に和解し、ラフールは自分のやり方を改めることを誓った。

時が経つにつれ、ラウールはより優しく、より思いやりのある人間に変わっていった。彼は友情の本当の意味を学び、他人の気持ちを大切にし、尊重することの大切さを理解した。一方、ボールーの遺骨はローハンによって赦しと再起の象徴として大切に保管された。

両親と新しい友人のサポートを得て、ラーフルは贖罪と自分探しの旅に出た。彼は財産よりも人間関係を大切にすることを学び、真の幸福は他人を幸せにすることにあると理解した。

ボルについては、彼の精神はローハンとラウールの心の中に生き続けている。この事件はすべての人にとって教訓となり、感情のもろさ、愛と許しの力を思い起こさせた。ローハンとラウールの絆はさらに深まり、共通の経験と変身の旅によって結ばれた、切っても切れない友人となった。

□□□

償還債券

義兄弟の結束

なだらかな丘陵地帯に囲まれた小さな町に、ラムとバルラムという 2 人の義兄弟が住んでいた。彼らの人生は、父親である故モーハル・ラル氏という共通の絆によって織り成されていた。ラムはモハン・ラル氏の嫡男で、28 歳であった。一方、バルラムは不倫関係の末の 19 歳だった。血統は同じであるにもかかわらず、二人の道は複雑な誤解に満ちていた。

二人のうち年長のラムは、バルラムに深い恨みを抱いていた。彼は、バルラムの母親が父親を自分と母親から引き離し、埋めようのない空白を残したのだと考えていた。貧困と孤独の中で育ったバルラムは、しばしば厳しい批判にさらされ、自分が非嫡出子であることを痛感した。

モハン・ラール氏が死亡事故に遭い、悲劇が起こった。彼の死が残した空白は、ラームとバルラムの間の溝をさらに広げたようだった。しかし、運命は彼らに別の計画を用意していた。

ある運命的な夜、ラムもバラムも、正体不明の襲撃者に愛する人をさらわれ、監禁された。鎖につながれ、肉体的な苦痛を受けながら、遺産や財産を捕獲者に譲渡するよう強要された。驚いたことに、誘拐の黒幕はラムの母方の叔父であるラグ・ラージ氏であることがわかった。

日が経ち、数週間経つと、2 人の兄弟は薄暗い部屋に閉じこもり、怒りと恨みは共通の苦境に覆い隠されていた。彼らは父の早すぎる死に隠された不吉な真実を、会話を通して解き明かしていく。ラグ・ラージ氏は欲と恨みに駆られ、一族の財産を狙うために父親の事故を画策した。

バラムが隠し子であることに心を痛めているのは、ラムが自分の家族に裏切り者がいることを知ったのと同じだ。かつて囚われの身であった彼らを縛り付けた足かせは、理解と共感という独特の絆を築き始めた。自分たちの物語を分かち合う中で、彼らは連帯の力と許しの癒しの可能性を発見した。

新たな決意を胸に、ラームとバルラムは監禁状態を脱出してラグー・ラージ氏を裁く計画を立てた。二人は苦難を分かち合いながら、あらゆる障害を乗り越えてきた。

彼らの旅は自己発見と贖罪であり、父親の人生をより深く掘り下げ、家族の歴史のより複雑な肖像を描く隠された秘密を明らかにするものだった。その道中、彼らはラグ・ラージ氏の悪意を暴こうと同じように決意する仲間に出会った。

結局、彼らのあくなき真実の追求は実を結んだ。ラグ・ラージ氏の欺瞞の網は解け、彼は罪を裁かれた。ラームとバルラムは正当な遺産を取り戻しただけでなく、長い間二人の関係を苦しめていた溝も修復した。

新たな目的意識をもって地平線に向かい、ともに立っているとき、過去の傷跡は回復力と強さの象徴へと姿を変えていた。モハン・ラール氏の遺産は、もはや痛みや恨みで覆い隠されることはなく、互いの違いを超え、逆境に立ち向かう団結した力として現れた 2 人の義兄弟の、壊れることのない絆の証となった。

□□□

愛に縛られて

伝統と現代性が交錯する魅力的な郊外の町に、スジョイと妻のアイシャは住んでいた。二人は、スジョイがゲイであるという紛れもない事実にもかかわらず、友情によって結ばれ、愛へと花開いた、ありそうでなかったカップルだった。彼らの旅は型破りなものであり、社会の常識を覆すようなユニークな絆で結ばれていた。

スジョイは伝染性の笑いと機転で、大学時代にアイシャの心をとらえた。彼らは授業や夢を共有し、秘密の打ち明け話をすることで絆を深めていった。元気で思いやりのあるアイシャは、性的指向を公言しているにもかかわらず、スジョイを愛してしまった。愛はレッテルを超越すると彼らは信じていた。

年月はあっという間に過ぎ、ふたりの愛の物語は優雅に展開した。彼らのコミットメントと献身は揺るぎないものであり、地域の保守的な一角から不愉快な視線やささやかれる噂に直面しても、それは揺るぎないものだった。スジョイの家族も、最初は躊躇していたが、やがて 2 人の絆の強さを認め、2 人の結婚を受け入れた。

そして 10 年の月日が流れ、二人の間に小さな奇跡が訪れた。彼女の登場は、ふたりの愛を確かなものにし、家族を強固なものにする圧倒的な喜びをもたらした。スジョイとアイシャは、ナイナが達成した節目節目を大切にし、献身的な両親の役割を喜んだ。

しかし、運命に導かれるように、人生は彼らの物語に思いがけない展開をもたらした。スジョイは岐路に立たされ、アイシャへの変わらぬ愛と、運命が彼の肩に負わせた新たな責任との間で引き裂かれた。重い気持ちで、彼はアイシャに他の女性と結婚する必要があると言った。

アイシャは驚いたが、驚くべき強さを見せた。彼女はスジョイの心が分裂していること、彼の愛情が共有されていることを知っていたが、それでも彼への愛は揺るぎなかった。彼女は彼の複雑な状況を理解し、義務を果たす必要性を尊重した。

スジョイの再婚の日がやってきた。アイシャは気品の象徴のような存在で、彼のそばでセレモニーを支えた。スジョイの人生に入ってきた新しい女性プリヤは、理解と共感を絵に描いたような人だった。アイシャの心は、スジョイの新しいパートナーが彼らの状況の複雑さを真に理解できる人物であることを知って慰めを見出した。

年月が経つにつれ、3 人の大人はそれぞれの役割を繊細かつ慎重にこなしていった。アイシャのスジョイへの愛は変わることなく、プリヤとの絆は共通の経験に基づく深い友情へと発展した。慣習にとらわれない家庭で育ったナイナは、彼女を取り巻く受容と愛の教訓を受け入れた。

スジョイ、アイシャ、プリヤの物語は、勇気、思いやり、型破りな愛の物語となった。それは、人間関係が社会的規範の境界を超越しうること、そして尊敬と理解に根ざしたものであれば、愛は真にすべてを征服しうることを示した。彼らのストーリーは、ステレオタイプに疑問を投げかけ、伝統に挑戦し、あらゆる形の多様性の美しさを受け入れるよう、周囲の人々を鼓舞した。

□□□

ハートの朝食

ムンバイの抱擁で絆を育む

活気あふれるムンバイの中心部、雑踏の中で、リーラという年老いた未亡人とゴパールという若い孤児の間に静かな絆が生まれた。二人の人生は予想もしなかった形で交差し、二人の記憶に永遠に刻まれる朝食となった。

リーラは、賑やかな地区の迷路のような路地に囲まれた小さなアパートで一人暮らしをしていた。風化した顔にしわが刻まれ、長年の重みで重くなった心で、彼女は長い人生の旅路で喜びも悲しみも見てきた。一方、ゴパールは夢いっぱいの若者だった。

ある運命の朝、ゴパールはリーラのアパートに引き寄せられた。彼は、空腹で腹が鳴り、孤児として生きる厳しい現実に心を痛めながら、街をさまよっていた。運命のいたずらで、彼は偶然リーラの家のドアを見つけ、ためらいがちにノックした。

リーラは、自分の弱さにもかかわらず、温かい笑顔でドアを開けた。飢えと憧れが入り混じった目をしたゴパールの姿は、彼女の中で何かをかき立てた。母親ならではの優しさで、簡単な朝食の準備に取りかかった。

調理したての料理の香りが漂う中、ゴパールはリーラが小さなテーブルに丹念に料理を並べるのを驚きながら見ていた。義務感からではなく、他者を思いやる純粋な気持ちから用意された愛の朝食だった。そして、思いがけないことが起こった。リーラが食べ物を手に取り、ゴパールに向かって手を差し伸べたのだ。

「その声は柔らかく、しかし紛れもない威厳を持っていた。"食べさせてあげる"

ゴパールは一瞬ためらい、プライドと深い飢えがせめぎ合った。しかし、リーラの目に宿る本物の暖かさ、安らぎと仲間との暗黙の約束には、抗うことができなかった。彼はうなずき、唇に小さな笑みを浮かべ、リーラに食事をさせた。

一口食べるごとに、ふたりの間につながりが生まれていった。リーラの手つきは優しく、ゴパールの知らない母親のような優しさがあった。一口一口を味わいながら、彼は食べ物の栄養だけでなく、人と人とのつながりがもたらす癒しを感じた。

そして、宙に漂う言葉にならない言葉を理解したかのように、リーラが優しく語りかけた。「

ゴパールが先に食べないと、私は食べられないの」と彼女は言った。

朝食は続き、シンプルな食事は、深い意味を共有するひとときへと変化した。リーラとゴパールは、異なる人生を歩んできた 2 人の魂が、ムンバイの小さなアパートに集まり、必要性、共感、そして人とのつながりへの憧れという共通の糸で結ばれた。

それからの数日間、ゴパールはリーラの生活の常連となった。彼は食料品を持ってきたり、用事を済ませたり、何時間も枕元に座って話をしたり笑ったりしていた。年齢や境遇の垣根は取り払われ、ふたりの人生を豊かにする深い友情が生まれた。

こうして、ムンバイの喧騒の中で、思いがけない仲間との心温まる物語が展開された。年老いた未亡人と若い孤児であるリーラとゴパールは、互いの存在に慰めと糧を見出していた。二人が分かち合った朝食は、愛と思いやりの永続的な力の象徴となり、最も単純なジェスチャーが最も深いつながりを生み出すことがあることを証明した。

□□□

贖罪のキャンドル

新たな夜明けを迎える

インドの中心に位置し、伝統と精神性が絡み合う絵のように美しい村に、ミーラという若い女性が住んでいた。その献身と優しさ、そして内面から放たれるような幽玄な美しさで知られていた。しかし、彼女の人生は決して逃れられない影に包まれていた。

村の寺院は、住民にとって希望と慰めの光となっていた。毎夕、太陽が水平線の下に沈み、その暖かい黄金色がビロードのような夜の抱擁に変わるとき、寺院の鐘が鳴り響き、夜の儀式の始まりを告げる。オイルランプが祠を照らし、穏やかな眼差しで参拝者を見守る神々の彫刻に柔らかな光を投げかけている。花や線香の香りが漂い、別世界のような雰囲気を醸し出していた。

この神聖な雰囲気の中、ミーラは寺院に隣接する小部屋で、決して完全には花開くことのなかった愛の生き写しである娘を抱きしめていた。運命に翻弄され、不可能な選択を迫られ、涙があふれた。

ドアをノックする音は予想外だったが、聞き覚えがあった。彼女がそれを開けると、そこにはかつて彼女が愛したヴィクラムが立っていた。二人のラブストーリーは切ないものであり、結ばれる夢に満ちていた。しかし、運命は2人に別の道を紡いだ。2 人は引き裂かれ、ミーラは秘密の重荷を1人で背負うことになった。

ヴィクラムの目には、悲しみと決意が入り混じっていた。彼はミーラの苦境を聞き、恋人としてではなく、共通の歴史によって結ばれた友人として助けに来たのだ。「私たちの愛が運命的な結末を迎えることはなかったけれど、私たちの娘を育ててくださるお気持ちはありますか？彼女に私の呪われた存在の影から自由な人生を与えるために？

ミーラの心は揺れ動き、過去の苦悩と目の前の希望の光の間で引き裂かれた。かつてふたりで分かち合った愛の象徴であり、逆境にも耐えてきた愛の生きた証である娘を見つめていた。

ミーラの涙と笑顔が混ざり合い、夜の空気は可能性を孕んでいた。彼女は、寺院の神聖なエネルギーの前で交わした厳粛な誓いにうなずいた。「そうだよ、ヴィクラム。私は私たちの娘を育て、かつて私たちを結びつけた愛で育てていく」。

夜が明け、最初の光が空をピンクと金色に染めると、ミーラは娘を抱いて寺院を出た。ヴィクラムは彼女の隣を歩き、その存在は彼らが歩んできたほろ苦い旅を思い出させた。村人たちは、好奇心と同情のささやきが交錯しながら、その様子を見守っていた。

物語が伝統と信仰に刻まれている村で、ミーラとヴィクラムは物語を再定義した。彼らの犠牲は、愛と子供の幸福への共通のコミットメントから生まれ、贖罪の象徴となり、世代を超えて響き渡る回復力の物語となった。

ミーラの娘は、心の痛みと愛の癒しの力の両方を知っている母親の愛情に包まれて育った。彼女自身が希望の光となり、その血統に宿る強さの証となった。

寺院の鐘が鳴り続け、ランプが祠堂を照らすと、花と線香の香りが、ミーラとヴィクラムの物語のささやきを運んでくるように思われた。

□□□

カーテンコール・カオス

来週、スター・シアターで上演されるノーベル賞受賞者グルデーヴ・ラビンドラナート・タゴールの有名な戯曲『ラクト・コロビ』の初公演である。監督のプスペン・チャタルジー氏は、リハーサルの際にグループ内でこう宣言した。

地元のコミュニティ・シアター・グループ、プリトヴィ・マンチは、年に一度の大舞台の準備で興奮に包まれていた。このショーは今年最大のイベントとなる予定で、主演女優のコマル・センは何カ月も熱心にリハーサルを続けていた。彼女はこれまでにもいくつかの作品で主役を演じており、その卓越した演技は高い評価を得ていた。

しかし、本番当日、災難に見舞われた。舞台恐怖症と自信喪失に打ちひしがれたコマルは、突然舞台に上がることを拒否した。監督のプスペン・チャタルジーと出演者たちは、彼女を説得しようと懸命に努力したが、コマルの緊張が勝ってしまい、彼女は立ち去り、皆を唖然とさせ、失望させた。

監督のプスペン氏は、さらに重大な悲劇がどのように襲ってくるか、どうやって救い出すかを考えていた。夜も更け、ショーが始まる直前、劇団プリトヴィ・マンチのオーナー兼プロデューサーのプスペン氏が突然心臓発作を起こした。彼はメディカル・カレッジ病院に運ばれ、キャストとスタッフ全員がショックを受け、彼の安否を気遣った。

主演女優が行方不明になり、監督も命がけで戦ったため、舞台裏は大混乱に陥った。キャストもクルーも、どうすればいいのかわからず混乱したままだった。監督もリーダーもいない状況で、彼らは迷いを感じ、どう対処していいかわからなくなった。

劇場主が心臓発作で倒れたというニュースが伝わると、街は一斉に支援の声を上げた。地元の俳優、元演出家、演劇愛好家たちが手を貸してくれた。彼らは、このショーがプスペン氏と彼のチームにとってどれほど重要で、成功させるためにどれほど努力してきたかを知っていた。

その混乱の中、劇中の背景キャラクターであるシュリスティという少女が大胆な提案をしてきた。シュリスティはベテランの役者ではなかったが、コマルのリハーサルを何度も見ており、演技の才能と記憶力の鋭さは天性のものだった。彼女は、キャストとスタッフのサポートがあれば、コマル不在の穴を埋められると信じていた。

時間がなく、劇場は熱心な観客で満員だったため、シュリスティを新たな主役として起用することが決定された。キャストとスタッフは一丸となって、直前の変更に対応するためにシーンやセリフの調整に精力的に取り組んだ。

幕が上がると、シュリスティは緊張の面持ちでステージに上がった。観客は予期せぬ出来事に気づき、劇場は静寂に包まれた。しかし、シュリスティがセリフを言い、コマルというキャラクターに没頭すると、不思議なことが起こった。彼女の純粋な情熱と生の才能は、観客と役者仲間を魅了した。

劇は大成功を収め、スタンディングオベーションと絶賛を浴びた。逆境に立ち向かうシュリスティの勇気と決意は実を結び、彼女は観客と役者仲間の心をつかんだ。最後の幕が下りると、喜びと安堵の涙が舞台裏を満たした。

一方、監督兼プロデューサーのプスペン氏は手術に成功し、回復に向かっている。彼女は、地域社会から示された支援に圧倒され、シュリスティの演技と、このような困難な状況下でショーをやり遂げたキャストとスタッフ全員を非常に誇りに思った。

イベントの余波で、演劇界はかつてないほど強くなった。ドラマの世界では、時に人生は芸術を模倣するものであり、予期せぬ困難に直面してもショーは続けられなければならないことを学んだのだ。彼らはまた、偉大さは最も予期せぬ場所で見つけることができること、そして真の英雄は最も望ましからぬ状況から現れる可能性があることにも気づいた。

こうして、新たな勇気と団結を得た演劇グループ「プリトヴィ・マンチ」は、その後も何年にもわたって目覚ましいパフォーマンスを披露し、「カーテンコール・カオス」が勝利と回復力、そして人間の魂の力の物語となった夜の記憶を永遠に大切にしながら、繁栄を続けた。

□□□

分断された心の響き

シムラーでの再会

雄大なヒマラヤの山々がそびえ立ち、涼しい風が松の香りを運ぶシムラーの息を呑むような風景の中、ふたりの魂が列車で隣り合わせになった。二人とも予想だにしていなかった瞬間だった。

列車が線路に沿って走り、車輪がレールにぶつかるリズミカルな音が、2 人の間に横たわる不確かさを響かせているようだった。二人は離婚後初めて会うことになったが、懐かしさと痛み、そしておそらく愛情の余韻が入り混じった分岐点だった。

彼は咳払いをして、2 人を包んでいた沈黙を破った。「その声には一抹の不安があった。

彼女は窓のほうに視線を向け、通り過ぎる景色を眺めていた。「彼女は落ち着いた口調で、しかしよそよそしく答えた。「あなたは？また結婚したのか？

彼は首を振り、沈痛な表情を浮かべた。″ノー″

彼女は好奇心を刺激され、眉をひそめた。「でも、あなたは子供が好きなんでしょう」と、彼女は唇の端にかすかな笑みを浮かべて言った。

彼は自分の手に目を落とし、悲しみをにじませた。「その言葉には重みがあった。

列車は絵のように美しい地形の中を、車輪が物語を紡ぎながら上り続けた。空は陽が傾き、周囲に暖かな光を投げかけていた。2 人の会話という限られた空間で渦巻いていた未解決の感情とは対照的だった。

その数少ない言葉を交わすうちに、ふたりの間に理解し合う感覚が芽生えてきた。かつてふたりを結びつけていた絆、共通の歴史があり、どちらも完全に手放したわけではないことは明らかだった。その後の沈黙は、気まずくも不快でもなかった。

そして、まるで運命に導かれたかのように、列車はトンネルに入った。突然の暗闇に包まれ、ホーンが鳴り響く。まるで外の世界が一瞬消えたかのように、2 人と過去の亡霊だけが残った。

トンネルの抱擁の中で、ふたりは互いを見つめ合っていた。暗闇は、長年にわたって形成された障壁を取り去り、彼らの感情の生々しさを残したようだった。言葉を交わすことなく、二人は多くを語る瞬間を共有した。それは、思い出を共有し、後悔し、愛だけがもたらすほろ苦い痛みの瞬間だった。

列車がトンネルを出て光が戻ると、ふたりは目をそらし、その目はさまざまな感情を映し出していた。魔法は解けたが、その一瞬の衝撃はまだ残っていた。

列車はシムラーの風光明媚な風景の中を旅を続け、単なる偶然の出会い以上の再会の響きを運んでいった。それは、かつてはひとつに鼓動していた心が、人生の紆余曲折の流れによって隔てられてしまったのだ。そして、山や谷が通り過ぎるとき、彼らの別々の道はほんの一瞬収束したかのように見え、彼らの魂に忘れがたい足跡を残した。

□□□

再会の響き

ダージリンでのセカンド・チャンス

緑豊かな丘が優雅に転がり、ノスタルジーの香りが漂うダージリンの霧に包まれた魅力の中、2 人の魂が列車で隣り合わせに座っているのを見つけた。車輪が線路にぶつかるリズミカルな音は、時の流れを響かせているようだった。

ラーフルとプリヤはかつて切っても切れない間柄で、笑いと仲間意識がダージリンの絵のような風景を若々しい高揚感で満たしていた。しかし、人生は思いがけない道を紡ぎ出すもので、ある出来事が 2 人のつながりを断ち切り、故郷で分かち合った思い出から遠く離れた旅に出ることになった。

列車が走り出すと、窓の外には見慣れたダージリンの風景が広がっていた。プリヤの横顔は時の流れとともに刻まれ、それでも数年前に彼を魅了した気品と魅力を保っていた。プリヤが去った日、二人の道が分かれた日のことを思い出すと、胸が苦しくなった。

ためらいがちな笑みを浮かべて、ラフールはプリヤの方を向いた。「20 年ぶりだ」と彼は優しく言った。

プリヤはうなずき、通り過ぎる景色に視線を集中させた。「そうですね」と彼女は答え、その口調には好意と後悔が混じっていた。

ラフールは、すべてを変えたあの出来事に思いを馳せずにはいられなかった。それは誤解であり、すれ違いが暴走し、別離に至ったのだ。プリヤが去った後、彼はひどくプリヤを恋しく思っていたが、プライドと事情が彼に手を差し伸べることを遠ざけていた。

彼は好奇心に負け、もう一度プリヤに向き直った。「この数年、あなたにはどのようなことがあったのですか？

プリヤは一瞬笑みをこぼしたが、「いい子たちよ」と答えた。今は結婚して、2 人の素晴らしい子供がいる」。

ラーフルは後悔の念に駆られ、プリヤが数年前に払った犠牲を思い出して苦い気持ちになった。彼女は夢を追いかけるためにダージリンを去り、そうとは知らずに傷心のラーフルを残してきたのだ。彼女の不在は、他の誰にも埋められない空白を残した。

しかし、プリヤが結婚生活について話すにつれ、ラーフルは自分の人生が違う方向に進んでいることに気づいた。かつてプリヤと分かち合った夢は色あせ、満たされない心の孤独に取って代わられた。結婚生活は別離に終わり、それからの数年間、彼は自分の選択と逃した機会の重みを背負いながら孤独に過ごしてきた。

列車はトンネルに入った。突然の暗闇は、ラーフルとプリヤの間の長年の別離と言葉にならない言葉の隠喩である。そのつかの間の瞬間に、外の世界は消え去り、二人だけの静寂が残された。

列車がトンネルから出ると、ラフールはプリヤを見た。「プリヤ、ずっと会いたかったよ。もっと早く言っておけばよかったと後悔している
。

プリヤは彼の方を振り向き、流しきれなかった涙で目を輝かせた。「そして、理解できないまま去ったことを後悔している」と彼女はささやき、その声はやわらかく、しかし長年の憧れを含んでいた。

その瞬間、ダージリンの美しい風景と、2 人が共有する歴史の重みの中で、ラホールとプリヤは新たな始まりを見つけた。汽車の旅は、紆余曲折や予期せぬ暗闇のトンネルに満ちた、彼らの人生の旅のメタファーとなった。しかし今、2 人は光の中に姿を現し、20 年の隔たりを埋め
、再び互いの存在に慰めを見出すチャンスを得た。

ダージリンの魅惑的な丘陵地帯を列車が旅を続けるなか、ラーフルとプリヤは並んで座り、暗闇のなかで互いの手を見つけた。過去は変えられないが、未来はまだ書かれていない。彼らは人生から与えられた2度目のチャンスを最大限に生かそうと決意していた。

□□□

見えない絆を受け入れる

賑やかな都市の郊外にある質素な孤児院で、ラヴィとアルジュンという 2 人の少年が並んで育った。ふたりは同じ年頃だったが、その人生は大きく異なっていた。ラヴィは幼くして両親を亡くした孤児であり、アルジュンはオーナーの子供で、さまざまな事情から孤児院で暮らしていた。

年月が経つにつれ、ラヴィとアルジュンの間には見えない壁が築かれていった。アルジュンはラヴィに憤りを感じずにはいられなかった。孤児が自分にふさわしい愛情や関心を奪ったのだと考えたからだ。この反感は 2 人の交流に顕著で、ラヴィはしばしば孤立し、必要とされていないと感じた。

孤児院の外では、ラヴィは学校という別の課題に直面した。他の子供たちは、孤児であることを理由によく彼をいじめていた。苦難にもかかわらず、ラヴィは回復力を保ち、いつか人生が良い方向に変わるという希望を持ち続けた。

スルジョとラヴィが 10 代後半になると、ふたりの対照はより鮮明になった。ラヴィは背は低かったが、類まれな魅力とカリスマ性を持っており、外見にとらわれない人たちに愛されていた。一方、アルジュンはハンサムで自信に満ちた青年に成長し、しばしば多くの人から賞賛を浴びた。

彼らが成長するにつれて、孤児院の主人や他の子供たちはラヴィを違った角度から見るようになった。彼の心優しい性格と人を助けようとする揺るぎない決意は、徐々に彼らの心を掴んでいった。恨みの壁は崩れ始め、ラヴィはようやく故郷と呼べる場所を見つけた。

高校最後の年、ラヴィとアルジュンの間に友情が芽生えたとき、運命は残酷な手を下した。ラヴィは重い病気にかかり、珍しい血液がんと診断された。アルジュンは 2 人の間に生まれた絆の大きさに気づいた。

ラヴィが勇気と笑顔で戦いに立ち向かったとき、アルジュンは友人への深い愛に心を開いた。彼は起きている間中、ラヴィのそばにいて、可能な限りのサポートをしていた。逆境に直面する中で、二人の友情はより深く、より意味深いものになった。

ラヴィにとって日が暮れるにつれ、彼とアルジュンは一緒にいる時間が限られていることに気づいた。彼らは一瞬一瞬を大切にし、残された日々を最大限に過ごした。お互いの存在の中で、2人は慰めと無条件の愛を見出した。

ラヴィがこの世に別れを告げるときが来たとき、孤児院と学校全体が悲しみでひとつになった。かつて追放されたスルジョは、多くの人の心に触れ、その魂に消えない足跡を残した。悲しみに打ちひしがれたアルジュンは、ラヴィの思い出を永遠に胸に刻むことを誓った。

ラヴィが亡くなった後、孤児院は大きな変化を遂げた。オーナーと子供たちは、愛と受容の真の価値に気づき、思いやりと理解から生まれる絆が社会の規範や体裁を超越することを学んだ。

アルジュンはラヴィの存在によって永遠に変わり、慈善家となり、孤児や生命を脅かす病気と闘う人々を助けることに人生を捧げた。ラヴィがかつて感じていたように、子供たちが必要とされていない、愛されていないと感じることがないようにしたのだ。

ラヴィとアルジュンの物語は、人と人との間に生まれる目に見えない絆の力を証明するものであり、恨みや偏見の壁を打ち破り、時空を超えて続く深い愛に火をつける。

□□□

嵐の中のガーディアン

勇気とケアの物語

降りしきる雨と農家の不気味な静けさの中、マリアは薄暗い子供部屋に立ち、熱を帯びた乳児を腕に抱いていた。部屋は彼女に迫っているように見え、赤ん坊の泣き声が増幅された。壁のアンティーク時計が時を刻み、一秒一秒が永遠のように感じられた。真夜中が近づくにつれ、彼女の心配は募るばかりだった。

マリアは赤ん坊を優しく揺すりながら、心を躍らせた。彼女はまだ若い女性で、この田舎に越してきたばかりの管理人だった。慣れない環境と病気の子供の責任が彼女の肩に重くのしかかった。彼女は顔を紅潮させた小さな赤ん坊を見下ろし、額にかかった湿った髪を払った。子供の体温は急上昇し、マリアがそれを和らげようとしても無駄だった。

「一人ではできないわ」マリアは声を震わせながら呟いた。

マリアは決意を固め、赤ん坊をベビーベッドに寝かせ、携帯電話に手を伸ばした。彼女は唯一知っている電話番号にかけた。電話が鳴り、少し緊張した後、ボイスメールが彼女を迎えた。

彼女は電話を切りながら、苛立ちがこみ上げてきた。この危機の瞬間、彼女は本当に自分ひとりだったのだと悟った。

遠くからサイレンの音が近づいてきて、彼女の思考を中断させた。点滅する赤い光が子供部屋を一瞬照らし、壁に不気味な影を落とした。マリアの心臓は高鳴り、窓に駆け寄り、雨に濡れたガラス越しに覗き込んだ。2 台の車が農家の前で横滑りして止まった。車から降りてきた主人と奥さんの見慣れた姿を見て、彼女は安堵感に包まれた。

慌ててマリアは階段を駆け下り、玄関のドアを開けた。ご主人と奥さんがびしょ濡れで心配しながら中に駆け込むと、ポーチに雨が滝のように落ちてきた。マリアの不安そうな表情、泣いている赤ん坊、子供部屋の混乱。

「何があったんだ？」彼女の主人は叫んだ。

マリアはその夜の出来事を手短に語り、声を震わせながら赤ちゃんの容態が悪化していることを説明した。主人の妻は、乳児を腕に抱いてベビーベッドに急いだ。二人は心配そうに視線を交わした後、ドアに向かって駆け寄った。

「救急車を呼んでくれ」と彼女の主人が指示した。

救急車が雨に濡れた道路を走っている間、マリアは緊張してリビングルームを歩き回っていた。彼女はその夜の出来事を頭の中で再生せずにはいられなかった。赤ん坊のためにできることはすべてやったのだろうか？主人の電話が鳴る音が彼女の思考を打ち切った。彼は答え、声をひそめて話し、その表情は沈んでいった。

「道路が冠水しているんだ。「救急車がなかなか来ないんです

現実を目の当たりにして、マリアの心は沈んだ。一刻を争う状況で、彼らは病気の乳児を抱え、人里離れた農家で孤立していた。

マリアは絶望に支配されないと決意し、主人を見て言った。そんなに遠くないし、案内するよ」。

迷うことなく、主人とその妻はレインコートを着て毅然とした態度で赤ん坊を抱き上げた。マリアは雨に濡れた畑の中を案内し、一歩一歩小さな診療所に近づいた。

結局、赤ちゃんは切実に必要としていた手当てを受けることができた。マリアの機転と決断力がこの日を救ったのだ。夜明けの光が嵐の雲を突き抜けると、赤ん坊の熱は下がり始め、泣き声は静かで満足げなものに変わった。

そして農家は静けさを取り戻した。マリアは恐怖に立ち向かい、逆境に立ち向かう強さを証明した。彼女は赤ん坊の体調を気遣っただけでなく、危機に瀕したときに慰めと支えを与えてくれた。

嵐は過ぎ去り、新たな感謝と回復力が残された。マリアの子供に対する献身的な態度は、主人とその妻の心の中に彼女の地位を確固たるものにした。そして、太陽が農場から昇り、畑に暖かな光を投げかけると、マリアは自分が単なる世話係を超えた存在になったことを知った。

□□□

カファン–明かされる秘密

インドの緑豊かな野原に囲まれた楽しい村に、ミーラという女性が住んでいた。彼女は未亡人で、一人息子のラヴィが生まれた直後に夫のラジェッシュを不慮の事故で亡くしていた。ミーラは息子を溺愛し、その子育てにすべての愛情を注いだ。しかし、ラヴィが成長するにつれ、彼女は彼の行動に驚くべき変化があることに気づいた。

思春期に入ると、ラヴィは反抗的になり、ミーラを深く悩ませる悪習に耽るようになった。息子の将来を心配し、正しい道に戻すためにさまざまな介入を試みたが、その努力はすべて徒労に終わった。ある夜、ラヴィとの激しい口論の末、感情に押しつぶされた彼女は、狂気の瞬間に彼を重いもので殴り、誤って死なせてしまった。

ミーラは自分のしたことに打ちのめされ、罪悪感と恐怖に打ちひしがれていた。自分の犯した罪の重さに耐えかねた彼女は、真実を葬り去り、ラヴィの遺体を村外の人里離れた場所に隠すことにした。彼女の秘密の重さは計り知れないが、それを隠しておくことが家族の評判を守り、社会的不名誉を避ける唯一の方法だと彼女は信じていた。

それから 15 年間、ミーラは自分の行為に苦しみ続けた。罪悪感に苛まれる毎日だったが、疑われるのを避けるため、悲嘆に暮れる母親を装っていた。村は彼女の悲しみに気づき、それが夫を失ったせいだと考えた。ミーラは次第に内向的になり、社交の場や他人との接触を避けるようになった。

村での生活は続いたが、ミーラの秘密は常に影に潜んでいた。しかし、運命には別の計画があった。ある日、建設作業員たちが村の郊外で新しい建物の土台を掘っている最中に人骨に出くわした。警察に通報され、殺人事件として捜査が開始された。

捜査が進むにつれ、警察は村人たちを尋問し、死亡者の身元につながる情報を集めようとした。噂は燎原の火のように広がり、15 年前の未解決行方不明事件の噂が再燃した。

やがて警察はミーラに連絡を取り、遺体の身元確認に協力を求めた。秘密が暴露されるのを恐れたミーラは、彼らの注意をそらそうとしたが、刑事たちは粘った。パズルのピースがはまるにつれ、真実が解明され始め、息子の死にミーラが関与していたという衝撃的な事実が明らかになった。

発見のニュースが広まると、村全体が衝撃に包まれた。地域社会は、愛情深い母親がなぜこのような凶行に及んだのか理解できなかった。非難がささやかれ、ミーラは一夜にして追放された。悲嘆に暮れる未亡人という過去のファサードは打ち砕かれ、彼女の本当の姿が世間にさらけ出された。

混乱の中、ミーラの苦境に共感し、彼女が 15 年間背負ってきた重荷の重さを認識する者もいた。少しずつ、数少ない思いやりのある人たちが許しと支援の手を差し伸べ始め、村人たちに厳しく判断しないよう促した。彼らは、精神的な動揺と母親の愛情の深さを理解することの重要性を強調した。

ミーラの裁判が始まると、彼女は自分の行動の結果に直面した。法廷では、正義を求める者と贖罪を信じる者とに分かれていた。進行が進むにつれ、問題を抱えた息子に対する母親の変わらぬ愛の物語が展開され、その場にいた全員に深い衝撃を与えた。

結局、裁判所の判決は下されたが、ミーラとラヴィの物語は村人たちの心に刻まれたままだった。この悲劇的な物語は、人間の感情の複雑さ、絶望の瞬間に下した選択の結果、そして社会が完全に理解することのない傷を癒す共感と許しの力を思い起こさせるものだった。

□□□

ハートのメタモルフォーゼ

深い絆と贖罪の物語

名門大学の神聖なホールには、アレクサンダー・ミッチェル教授という謎めいた科学者がいた。画期的な研究と知的能力で世界中に名を馳せた彼は、生徒たちから称賛と恐怖の両方を集めていた。彼が見せた厳格な面構えは、内面に潜む弱さを覆い隠す鎧だった。彼の生徒の中で、アンナ・ターナーは異常に目立っていた。

アンナは成功への強い意志を持った、並外れた生徒だった。知識の追求に不屈の彼女は、ミッチェル教授の制止にも動じなかった。二人のやりとりは、知恵比べのような話でしばしば教室をざわつかせた。しかし、衝突はあったものの、アンナの揺るぎない精神は教授の好奇心を刺激した。

しかし、アンナの人生は個人的な悲劇に彩られていた。幼い頃に父親を亡くし、母親だけを頼りにしてきた彼女は、成功への決意に見合った毅然とした自立心を育んできた。アンナの母親が重い病に倒れたとき、彼女の世界の微妙なバランスが崩れ始めた。精神的な混乱と経済的負担の増大に対処するのに苦労し、アンナは岐路に立たされた。

この混乱の中、教室の外で偶然出会ったミッチェル教授が思いがけない慰めを与えてくれた。しばしば彼の怒りの的になっていたアンナは、彼が心から心配して近づいてきたことに驚いた。二人の会話は、彼女が見たことのない彼の一面、つまり共感と思いやりに満ちた一面を明らかにした。彼は弔意だけでなく、彼女が困っているときにサポートする意思を示した。

アンナの母親の病状が悪化するにつれ、教授の援助は命綱となった。医療の手配を手伝い、経済的援助を提供し、さらには同僚を集めて支援を申し出た。かつては手ごわかった二人の間の壁が崩れ始め、水面下で育まれた深い絆が明らかになった。

苦闘を共有することで、ミッチェル教授の変貌ぶりは誰の目にも明らかになった。アンナとのやりとりは、彼の進化した態度を象徴するものとなった。冷たい外見は消え、温かさと誠実さが目の当たりにしたすべての人の心に響いた。近寄りがたい人物という教授の評判は消え始め、代わりに仲間意識が芽生えた。

そしてアンナは、かつて敵対していたはずの男性に深い尊敬と憧れを抱くようになった。彼女は彼の性格の複雑な層を理解し、彼の厳格な面構えが彼自身の人生経験によって鍛えられた防衛機制であることを理解した。

悲劇はしばしば変化のきっかけとなるものだが、一見相容れない 2 人の魂の溝を埋めたのだ。ミッチェル教授は、アンナの健康を心から心配し、彼女の回復力と決意と相まって、2 人の関係を一変させた。この 2 人は、大学コミュニティ全体のインスピレーションの源となり、思いやりの力と、私たち全員の中に存在する変革の能力の証となった。

一人は厳しさの仮面を脱ぎ捨て本当の自分をさらけ出し、もう一人は逆境を乗り越えて壊れることのない絆を築いた。かつては学問の厳しさと距離のある場所であった大学が、今では愛と理解がもたらす変革の力を示す生きた証となっている。

□□□

信頼の影

コルカタで自由を解き放つ

活気に満ちたコルカタの中心で、アニカという名の若い女性は、想像もしなかった状況に身を置いていた。彼女は見慣れないドアの前に立っていた。神秘的な空気に包まれ、背筋が凍りつきながら次の行動を考えた。

アニカは周囲を見渡しながら心臓を高鳴らせた。狭い路地は影に包まれ、遠くで街の音がかすかに響いていた。彼女は、生涯のチャンスを約束したカリスマ的な見知らぬ男によって、この未知の場所に誘い込まれたのだ。しかし、その約束は罠でしかなかった。

先日の失敗を思い出し、絶望がこみ上げてきた。彼女は魅力的な見知らぬ男を盲目的に信じたが、自分が知っている世界から切り離され、薄暗い部屋に閉じ込められていることに気づいたのだ。恐怖と決意の入り混じった感情が、かつての活気に満ちた彼女の精神を覆っていた。

アニカは仕方なくドアを開け、その奥にあるものに立ち向かった。深呼吸をしながら、彼女はすべての力を振り絞り、頑強な木材を押した。

ドアがギシギシと音を立てて渋々開くと、薄暗い廊下が暗闇の中にどこまでも続いていた。

用心深く廊下に足を踏み入れたアニカの感覚は高まっていた。音がするたびに、動きがちらつくたびに、彼女の背筋は震えた。しかし、ひとつだけ確かなことは、彼女は囚われの身から抜け出し、自由を取り戻そうと決意していたということだ。

未知の世界に足を踏み入れると、廊下の幅が狭くなり、壁が迫ってくるようだった。疑心暗鬼が彼女の心をむしばみ、とんでもない間違いを犯したのではないかと思った。しかし、見知らぬ男の欺瞞に満ちた微笑みの記憶が、彼女の決意を奮い立たせた。これ以上、被害者でいることは許されなかった。

アニカは永遠とも思える時間を経て、ようやく廊下の端にたどり着いた。彼女の前には、過去の物語を暗示する複雑な彫刻で飾られた重いドアが立っていた。アドレナリンがほとばしり、ドアを押し開けると、まばゆいばかりの光が目に飛び込んできた。

アニカは目をかばいながら、突然の変化に圧倒され、よろめきながら外に飛び出した。視界が慣れてくると、彼女は緑豊かな庭に立っていることに気づいた。色とりどりの花々がそよ風に舞い、遠くから聞こえる街のざわめきが心地よい背景となっている。

アニカの目に涙があふれ、逃亡の現実が彼女を襲った。彼女は暗闇と不安を乗り越え、再び光の中に姿を現した。信頼と回復力について学んだ教訓は、彼女の旅を永遠に形作ることになる。

対照的な街コルカタは、一人の若い女性が囚われの身から解放へと変貌を遂げるのを目撃した。アニカの物語は、狭い路地や賑やかな市場の中でささやかれる物語となり、どんなに暗い時でも、人間の精神は希望と勇気をもって明るく輝くことができるということを思い出させてくれた。

□□□

サバイバルの海に取り残される

紺碧の海が空とシームレスに融合する魅惑の国タイで、一行は魅惑的な島々への一見のどかな旅に出た。これらの島々は総体としてもてなしの天国を形成しており、夢のような逃避行、平凡な日常からの休息を約束していた。

星空の下、旅行者たちは周囲の美しさに酔いしれた。その中には新婚のカップルもいて、ふたりの胸は共同生活の始まりの興奮でいっぱいだった。新しい体験の驚きを映し出す少年少女の瞳が、アンサンブルに無邪気さを添えている。この逃避行が彼らの絆を試し、限界まで追い込むことになるとは、彼らは知る由もなかった。

夜が更けると、災難が吹き荒れた。天は滔々と雨を降らせ、地下の大地は不穏な不安に震えた。かつて集団の聖域であった島々は、自然の猛威に屈した。一人、また一人と足を踏み外し、海の底へと沈んでいった。

混乱の中、新婚夫婦の結婚が最初の試練にさらされた。恐怖と不安が空気を覆い、打ち寄せる波は内なる激動の感情を映し出していた。その場しのぎのいかだの上で、2 人は互いにしがみつき、危険な海を航海しながら、分かち合う抱擁に慰めを見出した。

泳ぎ方に不慣れな少年少女は、希望にすがりながら轟音を立てる潮流と格闘していた。海のうねりが押し寄せるたびに、2 人の決意は試され、海の容赦ない攻撃の中で 2 人の絆は命綱となった。

永遠とも思える時間の間、一行は生き残るためにしがみついた。瓦礫の破片の上に浮かびながら、彼らは不屈の意志に突き動かされ、大嵐の中を戦い抜いた。偶然見つけた小舟がつかの間の休息を与えてくれた。少年は決意を奮い立たせ、一漕ぎごとに慣れない潮流と戦いながら、より安全な岸に向かって舵を取ろうとした。

闘争のさなか、巨大な波が迫り、彼らを丸ごと飲み込もうとしていた。少年はボートの舵を握る手を震わせ、不安げな表情を浮かべた。それは恐怖を共有した瞬間であり、彼ら全員を結びつけた無言の嘆願だった。波が押し寄せ、彼らの船は大惨事の瀬戸際に立たされたが、持ち前の忍耐力で嵐を乗り切った。

破壊とサバイバルのダンスに彩られながら、夜は更けていった。リゾート地は崩れ去り、島の小屋は波の下に消えていったが、一行の奮闘は容赦ない嵐と不滅の魂の光に照らされていた。

夜明けが水平線を希望の色に染めると、霧の中からひとつの光景が浮かび上がった。疲労困憊しながらも断固として、生存者たちはその海岸に集まった。自然の力によって彼らの精神は謙虚になり、逆境の坩堝の中で彼らの絆は鍛えられた。

新しい日の抱擁の中で、グループは言語や背景を超えた共通の強さを見出した。彼らは嵐を乗り切った。彼らの生存は、人間の精神の粘り強さと、私たち全員を結びつける断ち切れない絆の証である。タイの雄大な海の中心で、彼らの物語が響き渡った。勇気と団結、そして嵐の向こうに昇る朝日へのあくなき探求の物語。

□□□

黒いレインコート

大雨の降るダージリンの人里離れた丘に、ラジェッシュという男が８歳の養女ミティリと暮らしていた。彼らの質素な家は町の喧騒から隔離されており、最も近い隣人とはかなりの距離があった。ラジェッシュの人生は、妻をひどい事故で亡くし、大切な娘を残して悲劇的な方向へと転がっていった。

ある嵐の夜、ミティリは重い病気にかかった。熱は急上昇し、錯乱状態に陥っているようだった。ラジェッシュは不安でたまらず、助けを求めていたが、頼るところはなかった。なけなしの貯金も底をつき、パンデミックの影響で町には働き口もなかった。

真夜中が近づくと、突然ドアをノックする音がした。ラジェッシュは逡巡したが、結局、びしょ濡れの見知らぬ人の前でそれを開けた。その男は、自分の車が故障し、一夜の宿が必要だと主張した。ラジェッシュは警戒心と同情の入り混じった表情で、その男を中に入れた。

見知らぬ男は、暗闇に溶け込むような黒いレインコートに身を包み、ミステリアスな雰囲気を漂わせていた。彼はミティリを診察することを主張し、彼女を助ける能力に自信を持っているようだった。ラジェッシュはかすかな希望を抱きながら、男に娘の世話をさせた。

見知らぬ男は黒いスーツケースを使って薬用ペーストを作り、奇跡的にミティリの容態が改善した。ラジェッシュは感謝して、家にあるわずかな食べ物、紅茶とビスケットを差し出した。見知らぬ男はラジェッシュを安心させ、神を信じるよう促し、事態が好転することを約束した。

夜が更けるにつれ、見知らぬ男の謎めいた存在がラジェッシュを不安にさせ始めた。この男は誰なのか？嵐の夜、なぜ彼はこんな人里離れた場所に来たのだろうか？

夜明け前の早朝、見知らぬ男は出発を告げた。彼は、ミティリは危険から解放され、すぐに完全に回復するだろうと主張した。ラジェッシュはまだ半分眠っていて、何が起こっているのかほとんど理解できなかった。ラジェッシュは薄明かりの中、見知らぬ男が去っていくのをはっきりと見ようとしたが、その男の顔は謎のままだった。

雨は激しさを増し、頻繁に閃光が走った。ラジェッシュは見知らぬ男のレインコートに奇妙な点があることに気づいた。それは普通のレインコートではなく、妻の交通事故の残骸の中にそのまま残されていたのと同じ黒いレインコートだった。

心の底から震えたラジェッシュは、その見知らぬ男が普通の旅行者ではなく、あの悲劇的な夜以来、彼を悩ませている妖怪のような人物であることに気づいた。そのレインコートは、妻が命を落とした運命の日を思い出させる不気味なものだった。

その日から、ラジェッシュとミーティリの運命は奇跡的な展開を見せた。見知らぬ男のブリーフケースから得た金が彼らの命綱となり、新たな安心感と安らぎを与えてくれた。ミティリの健康状態は劇的に改善し、彼らの生活から貧困が取り除かれたように見えた。

しかし、黒いレインコートは超自然的な出会いを思い出させる不気味なものだった。あの嵐の夜の忘れがたい記憶が残り、ラジェッシュは感謝と不安の念に駆られた。彼は、その見知らぬ男が慈悲深い精霊なのか、それとも理解を超えた神秘的な力の前触れなのか、不思議でならなかった。

時が経つにつれ、黒いレインコートの伝説はダージリンの丘陵地帯に広まり、謎と超自然のゾッとするような物語となった。地元の人々は、見知らぬ人が守護天使なのか、それとも贖罪を求める落ち着かない魂なのか、不思議に思いながらその話を語り継いだ。

ダージリンの人里離れた丘陵地帯では、どんなことも可能であり、生者と異界との境界線は朝靄のように薄いものなのだ。

□□□

運命のダンス

にぎやかなムンバイの街で、活気に満ちた雑踏の中、二卵性の双子の姉妹、リヤとプリヤが暮らしていた。互いに鏡のような存在でありながら、その心は大きく異なっていた。姉のリヤは、妹のプリヤに対する執拗な嫉妬に悩まされていた。二人は切っても切れない絆で結ばれていたが、リヤは妹の功績や幸せを見るたびに、うらやましいという思いが頭をよぎった。

運命に導かれるように、プリヤはカリスマ性のある裕福な実業家ラーフルと恋に落ちた。二人のラブストーリーは夢のようだったが、リヤの嫉妬は激しさを増すばかりだった。妹が満足しているのを見かねたリヤーは、ラーフルを自分のものにしようと悪巧みを企てた。

狡猾な策略と欺瞞に満ちた魅力で、リヤはラフルを姉から引き離し、プリヤは失意のどん底に突き落とされた。プリヤは静かな苦悩の中で、家族を置き去りにすることを選んだ。彼女は行方をくらませ、かつての幸せな家庭はリヤとラフールが双子、息子、娘に恵まれ、共に人生を築いていった。

年月は流れ、リヤとラーフルは絵に描いたような完璧な家族になり、双子のヴィールとディアを愛情を込めて育てた。プリヤの不在は彼らにつきまとう空虚であったが、彼らは彼女の不在の痛みとともに生きることを学んだ。双子のヴィールとディアは、家族を覆う謎を知らずに育った。

ある日、運命は意外なカードを使うことにした。プリヤはムンバイに戻り、成功した裕福な女性となり、誰の期待も上回る業績を残した。数年離れていたことで、彼女は侮れない存在となり、実質的で裕福な女性へと変貌を遂げた。彼女の功績にもかかわらず、心の空虚感は残り、家族との再会を切望していた。

プリヤの帰還は、彼女が残した家族に衝撃の波紋を投げかけた。リヤは意表を突かれ、過去の行動に対する罪悪感と、これまで得てきたものすべてを失う恐怖との間で心が引き裂かれた。一方ラーフルは、かつてプリヤと分かち合った愛の思い出に悩まされていた。

妹と向き合う勇気を振り絞り、プリヤはリヤの前に立った。妹の幸せのために黙って犠牲になってきたことを。リヤは自責の念に包まれ、ようやく姉の愛の深さと自分が引き起こした苦痛を理解した。

過去と現在の間で引き裂かれたラフールは、心の奥底に埋もれた感情と向き合おうと苦闘していた。プリヤとの愛の記憶がよみがえり、彼はリヤと築いた人生に疑問を抱いた。

そんな心の揺れの中で、ヴィールとディアの双子の姉妹は運命の岐路に立たされた。兄妹としての絆は切れることがなかったが、プリヤの帰還と母親の秘密が明らかになり、彼らの人生を永遠に形作ることになる出来事の連鎖が始まった。

プリヤが再び家族を受け入れると、リヤは数年前に打ち砕かれた信頼を取り戻し始めた。心のこもった会話と贖罪の涙を通して、2 人の姉妹は互いの存在に癒しを見出した。

過去と現在の恋の間で揺れ動くラウールは、難しい選択を迫られた。リヤもプリヤも彼の心を支配しており、彼は自分の感情に正直に向き合うことを余儀なくされた。結局、彼はリヤの側に立つことを選び、二人が築き上げた人生と家族としての愛を認めた。

時が経つにつれ、ヴィールとディアは母親のプリヤを両手を広げて自分たちの生活に迎え入れた。自分たちの家族を形作っている複雑な歴史を知らない兄妹は、絆の強さを知るにつれて親密になっていった。

結局、リヤ、プリヤ、ラウールの物語は、愛、許し、そして家族の切れない絆の複雑さについて力強い教訓を与えてくれた。運命のダンスはそのパターンを織り成し、しばしば愛する人々の人生をも絡め取る。

□□□

禁じられた黄金の都

友情と発見の物語

既知の世界から遠く離れた広大な海に、語られることのない富を秘めた島、禁じられた黄金の都があった。この謎めいた島は、普通の人間の目からはベールに包まれ、濃い霧に覆われており、純粋な心を持ち、欲のない者だけがアクセスできる。伝説によれば、この島には金やルビーが採掘される鉱山がいくつもあるという。

遠く離れた大晦日の夜、アレックスとクリスという 2 人の友人は、クルーズ船で一夜を楽しんだ後、大海原の真ん中に漂流していることに気づいた。新しい年の始まりを祝うために出かけたのだが、運命は彼らに別の計画を立てていた。酔っぱらって道に迷った彼らの小さなボートは、広大な海の中をあてもなく漂う避難所となった。

昼が夜になり、太陽と月が天体のダンスを続けるなか、友人たちは疲れ、空腹と喉の渇きを覚えた。絶望が彼らの判断を曇らせ始め、生き残ることだけが彼らの関心事となった。あるうだるような真昼間、クリスは空腹で倒れ、意識が薄れていった。そのときアレックスは、戯れる魚たちが水面をかすめ、糧の約束で彼らをからかっているのに気づいた。

しかし、彼らのボートには、つかみどころのない魚を捕まえるためのものは何もなかった。その絶望の瞬間に、アレックスはあることを思いついた。彼は自分の服に目を落とし、それを網のように使えば、空腹を癒すために数匹の魚を捕ることができるかもしれないと気づいた。新たな決意を胸に、アレックスはクリスを起こし、計画を打ち明けた。

クリスは最初はためらい、広大な海で服を脱ぐことに不安を覚えた。「魚を釣るために裸になれというのか？ちょっと極端じゃないか」と抗議した。

それに対してアレックスは微笑み、その目は友人同士の深い信頼関係を映し出していた。″あなたの前では恥ずかしくない。私たちは多くのことを分かち合ってきた。この絶望的な瞬間に、私たちは互いに頼らなければならない。禁じられた黄金の都は、純粋な心を持ち、貪欲でない者にのみ姿を現すと言われている。私たちは自分自身に忠実であること、自分の弱さを受け入れること、そして道を見つけるために互いを信頼することが必要だと思う」。

その言葉に、クリスは心が温かくなるのを感じた。その揺るぎない友情のつながりの中で、彼は遠慮を捨て、服を脱ぎ捨てた。アレックスはそれを慎重に水中に沈め、つかみどころのない獲物を捕らえようとした。

まるで神秘的な力のように、魚たちは彼らの開放的で無防備なところに引き寄せられたようだった。網は豊富な魚で満たされ、彼らの空腹は一瞬満たされた。二人は心から笑い、現在の状況を超えた仲間意識を分かち合った。

裸で、しかし恥ずかしげもなく、そこに浮かんでいるうちに、彼らはある異常なことに気づき始めた。周囲を覆っていた濃い雲が消え始め、目の前に雄大な島のビジョンが浮かび上がった。金色に輝く紫禁城は、計り知れない財宝を約束するものだった。

彼らはその光景に驚嘆し、目の前に広がる美しさと驚きに目を見張った。彼らは、金やルビーの富ではなく、友情の豊かさと魂の深さこそが真に重要なのだと悟ったのだ。

新たな希望と決意を胸に、アレックスとクリスは禁じられた黄金の都を目指す。互いへの友情と信頼が彼らを導いていた。島の海岸に近づくにつれ、彼らは畏敬の念を感じた。

島に一歩足を踏み入れると、彼らはその素晴らしさに迎えられた。彼らはどこを見ても光り輝く宝物を目にしたが、それを所有しようとはしなかった。その代わりに、彼らは島の優美さと美しさに謙虚さを感じ、共有した経験に感謝した。

島を探検するうちに、彼らは島の住人に出会った。彼らは衣服ではなく、金とルビーでできた装飾品で飾られた人々に出会った。彼らは、島の宝はため込むためのものではなく、富の真の意味を理解する人々と分かち合うためのものだと学んだ。

禁じられた黄金の島で時は流れ、アレックスとクリスは島の教えを受け入れ、何よりも友情を大切にした。彼らは島の富を持ち続けることができないことはわかっていたが、それよりもはるかに大きな富を携えていたのだ。自分たちの絆という宝物と、信頼、脆弱性、そして自分自身に忠実であることの素晴らしさについて学んだ教訓である。

彼らの冒険は伝説の物語となり、遠くの海岸でひそひそ話としてささやかれるようになった。時空を超え、愛に導かれ、思いがけない場所で出会った友情の象徴である。

結局、彼らの旅を決定づけたのは、金やルビーといった宝物ではなく、禁じられた黄金の都というかけがえのない発見だった。

□□□

ミス・フォーチュン・ストリートの奇跡

ベハリ・ラル・ガングリーの狭く地味な通りに、ジャグモハン・セナパティという謎めいた不機嫌な老人が経営する『ミスフォーチュン』という名の食料品店があった。その店ではさまざまな商品が売られていたが、ジャグモーハンの不愉快な態度のせいで、地元の人々はその店を避けていた。しかし、この店の平凡な外観の裏に、貴重な魔法のポーションが詰まった隠し部屋があることを知る者はいなかった。

ネパール出身の青年バハドゥールは、ジャグモーハンの忠実な助手として働き、店とジャグモーハンの家庭の両方に気を配った。これらのポーションが、善かれ悪しかれ、人生を変えるかもしれないとは、誰も思ってもみなかった。例えば、"愛の妙薬 "は平和と調和をもたらすかもしれないが、悪人の手に渡れば憎しみや争いを引き起こすかもしれない。同様に、フォーチュン・ポーションも、使い方を誤れば、繁栄と幸福をもたらすこともあれば、荒廃と苦しみを解き放つこともある。

ある日、ジャグモーハンは薬瓶がすべて空になっていることにショックを受け、パニックに陥った。彼はその夜、危険な人物にポーションを届けなければならないことを知っていた。彼らはこのポーションを使って大混乱と破壊を引き起こそうと企んでおり、その邪悪な目的のためにすでに相当な額を支払っていた。

液体ボトルを１本隠していたバハドゥールは、雇い主の絶望的な状況を目の当たりにし、その夜に起こりうる事態の重大さを悟った。日が暮れ、危険なバイヤーたちがポーションを要求してやってきた。ジャグモーハンは言い訳を探そうとしたが、バイヤーたちはますます激昂した

。

間一髪のところで、バハドゥールは秘密の液体を明らかにした。彼は勇敢にも悪意のあるバイヤーに薬を吹きかけた。彼らに奇跡的な変化が訪れた。ピリピリした空気は静けさに変わり、危険人物は突然、平穏に去っていった。ポーションは魔法をかけたが、買い手が意図した方法ではなかった。

ジャグモーハンは、金と権力の誘惑が彼を危険な道へと導いたのだ。バハドゥールの勇気と思いやりが彼らを災難から救い、ジャグモーハンに魔法の薬の真の目的を教えた。

その日から、ジャグモーハンは魔法の薬を私利私欲のためではなく、善のために使うことにした。彼は近隣の人々の間に調和を広めるために愛の妙薬を使った。彼はフォーチュン・ポーションを使って困っている人々を助け、苦しい家庭に繁栄をもたらした。

かつては歓迎されなかったミスフォーチュン・ストアが、希望とポジティブな場所へと変貌を遂げた。ベハリ・ラル・ガングリー通りの人々はこの店を受け入れ始め、客は商品を買い求め、ジャグモハン・セナパティ氏の真の親切を体験しようと押し寄せた。

□□□

相続人

運命の絆を解く

なだらかな丘と絵のように美しい風景の間にある町に、クシャル・カプールという老人が住んでいた。彼は裕福な実業家で、さまざまな不動産を持ち、事業を成功させ、豊かな帝国を築くために努力してきた。カプール氏にはラージとアルジュンという 2 人の息子と娘のニーシャがいた。

時が経つにつれ、カプール氏の子供たちは大人になり、それぞれに夢や願望を持つようになった。しかし、運命は一家に別の計画を立てていた。彼らの選択と状況は、彼らを思いがけない道へと導くことになるからだ。

兄弟の末っ子であるニーシャは、つつましい身分のアーリアンと恋に落ちた。父親の反対にもかかわらず、彼女は自分の心に従ってアーリアン と結婚し、富よりも愛を選んだ。この決断はニーシャと父親の間に亀裂を生じさせたが、彼女は夫への忠誠を堅持した。

一方、次男のアルジュンは、家業への期待と一族の富の重みに息苦しさを感じていた。彼はある日、育ちの枠を超えた自由と独立を求めて、跡形もなく家を飛び出した。

アルジュンが去り、一族の遺産を守る重責は長男のラージにのしかかった。しかし、ラージは欲と権力に目がくらみ、ビジネス帝国全体を自分のものにしたいという野望を抱いていた。彼は状況を自分の都合のいいように操り、父親の体調不良を利用した。

カプール氏は臨終の床で、子供たちの選択の結果に囲まれていることに気づいた。彼の心は、彼が残していくであろう壊れた家族のために痛んだ。2 人の間には溝があったが、彼は子供たち一人ひとりを心から愛し、手遅れになる前に和解したいと切望していた。

時が経つにつれ、ラージの 2 人の息子、ローハンとカビールは、父親の野心に煽られ、祖父の財産と事業を掌握しようと謀った。彼らの欲は家族の重要性を見失わせ、互いを単なる相続争いの競争相手としか見ていなかった。

一方、物質的な世界を離れて芸術家としての生活を送っていたアルジュンは、ゲイとしての本当の自分を受け入れた。彼は本当の自分を見つける旅の中で、最も有名な画家の一人となった。彼は、性的な理由で家族に捨てられた孤児の少年サミールを養子にした。アルジュンはサミールに愛情を注ぎ、念願の家族を与えた。

アルジュンが謎の事故で亡くなり、サミールは打ちひしがれ、孤独になった。喪失の痛みにもかかわらず、サミールは父の思い出に敬意を表し、父が彼に植え付けた愛と受容の遺産を守る方法を見つける決意を固め続けた。

ある日、サミールはカプール家に戻ることにした。祖父に近づき、父の死の真相を知りたかったのだ。カプール氏は寝たきりで反応もなく、家族との和解への希望を失っていた。

しかし、サミールの存在は、老人の中にある何かを再燃させた。サミールが純粋な愛と心配りでカプール氏を気遣ううちに、老人は徐々に癒されていった。恨みと苦しみの壁が崩れ始め、家族の最も暗い時に希望の光が現れた。

祖父の変化を見て、サミールは父の死にまつわる謎を解明することにした。決意と回復力に満ちた彼は、アルジュンのために正義を追求し、彼の命を奪った事故の真相を暴いた。そうすることで、サミールは自分自身のケジメをつけただけでなく、従兄弟のローハンとカビールの策略も暴いた。

真実が明らかになったことで、サミールは従兄弟たちに立ち向かい、自分たちのやり方を改めるよう促した。彼は彼らに、物質的な財産よりも家族、思いやり、愛の大切さを思い出させた。徐々に心が和らぎ、貪欲に追求することの虚しさに気づいたのだ。

運命のいたずらで、相続をめぐる法廷闘争は思いがけない展開になった。カプール氏が遺した遺言は、子供たち一人一人に公平に財産を分け与えることを保証し、何よりも愛と団結の大切さを思い出させた。

カプール氏の健康状態が改善するにつれ、彼の家族はようやく癒しと和解を見出した。かつては壊れていた家族が、今は愛と受容の糸で結ばれて一緒に立っている。サミールの存在は老人の人生に喜びをもたらし、孫への思いやりと理解という精神を再燃させた。

結局、カプール一家の物語は、人生のはかなさ、本当の自分を受け入れることの重要性、そしてどんなに深い溝をも埋めうる愛の強さについての力強い教訓となった。一家が前進するにつれ、真の豊かさは物質的な財産ではなく、運命の波に立ち向かう家族の絆にあることに気づいた。

□□□

サダンの最期

共感、愛、そして悲しみの物語

精神病院の小さな独房の薄暗い隅に、20 歳の大人、サダンは座っていた。かつては輝いていた彼の目は、今は痛みと悲しみで曇っていた。彼は苦難の生涯に耐えてきたが、疲れた肩に最も重くのしかかったのは最後の日々だった。

サダンは家計の苦しい家庭の長男だった。彼の両親はそれぞれ有給労働者とメイドとして働き、大家族の最低限必要な生活費を稼ぐのがやっとだった。二人の妹と一人の弟がおり、サダンは皆をかわいがっていた。貧困に悩まされていたにもかかわらず、サダンは陽気で責任感の強い子供であり続け、愚痴をこぼしたり、両親に負担をかけたりすることはなかった。

彼らの家は質素だったが、愛と暖かさに満ちていた。空腹で眠れない夜でも、サダンは明るく振る舞い、働き者の両親が不在の間、兄弟の面倒を見ていた。地元の学校に通い、仲間たちと笑いと夢を分かち合った。

しかし、サダンが年を重ねるにつれ、その境遇の重さに押しつぶされそうになった。責任という重荷が彼に重くのしかかり、なぜ人生は彼にこのような困難な手を下したのだろうと考えずにはいられなかった。彼はその公平さを疑問視し、魂をむしばむ容赦ない痛みからの解放を切望した。

独房の隅に座っていたサダンは涙を流し、苦悶の表情でこう叫んだ。この苦しみに値するようなことを私はしてしまったのだろうか？これ以上この痛みに耐えられない」。

悲痛な叫びの中、新しい友人が彼に近づいてきた。この友人は、それまで彼が知っていたどの友人とも違っていた。犬の目は共感と理解で満たされており、まるで肩を貸すかのようにサダンの膝に頭を寄せた。

犬はサダンの頬にたまった涙を優しくこすり落とした。その瞬間、サダンはこの生き物と言葉や理解を超えた、言いようのないつながりを感じた。犬の存在は、彼の苦悩する心にかすかな慰めをもたらした。

月日は流れ、サダンの入院生活は終わりに近づいた。犬は彼のそばにいて、彼の最も暗い時間に慰めと伴侶を与えた。彼らの絆は深まり、サダンは犬の言葉にならない感情の重みを感じ取ることができた。

このユニークなつながりを目の当たりにした病院のスタッフや訪問者たちは、サダンとその毛むくじゃらの友人の共感と愛情に感動せずにはいられなかった。犬の存在は、ともすれば陰鬱になりがちな病院の雰囲気に安らぎと平穏をもたらしてくれた。

サダンの最期の瞬間、家族は悲しみに胸を痛めながら彼の周りに集まった。しかし、悲しみの中で、彼らはとんでもないことに気づいた。サダンのそばには、いつも一緒にいる犬が、まるで大切な友人に静かに別れを告げるかのように座っていた。

サダンが息を引き取ったその一瞬の間に、平安が部屋を包んだ。犬の優しい存在は、絶望の淵にあっても、愛と共感が慰めと安らぎをもたらすことを思い出させてくれた。

サダンの家族は最後の別れを惜しみながら、彼が自分たちの人生に与えた深い影響に感謝せずにはいられなかった。彼は彼らに愛、犠牲、無私の真の意味を教えたのだ。彼らは、サダンの魂は彼を愛する人々の心の中、そして彼らが共有した貴重な時間の思い出の中で生き続けることを知っていた。

そして犬はというと、病院の敷地内を歩き回り、その目は知恵と思いやりに満ちていた。それは希望と共感の象徴となり、最も暗い時代であっても、愛には癒しと団結の力があることを常に思い出させるものとなっていた。

その後数年間、サダンとその忠実な仲間の物語は遠くまで広がり、多くの人々の心を動かした。彼らの物語は、人間の精神の回復力と、人間と動物の間に築かれる深いつながりの証となった。

サダンがこの世にいた時間は短かったが、彼が分かち合った愛と共感は、世界に消えない足跡を残した。彼の遺産は、彼を知る人々だけでなく、共感、愛、悲しみの物語に慰めを見出した数え切れない魂たちによって、永遠に記憶されることだろう。

□□□

運命の糸

タイ北東部の町カラシンの郊外にある古風な屋敷に、タラという名の老婆が住んでいた。彼女は生涯をかけて莫大な富を築き上げたが、その心の豊かさはすべての物質的財産を凌駕していた。数年前に失踪した幼い息子を失ったのだ。彼の笑い声、無邪気な目、そして温もりの記憶は、消えゆくけれども大切な夢のように、彼女の心に刻まれた。

タラはもう一人、孤児としてやってきたノイという少年を育てていた。愛と思いやりに満ちた心で、彼女は彼を自分の子供として育て、できる限りの機会を与えてきた。ノイは、賢く、与えられた人生に感謝する立派な青年に成長した。彼は、自分が彼女の血から生まれたのではないことを知っていたが、2 人の絆は、彼女が彼に注いだ愛と配慮に根ざしたものであり、決して切れるものではなかった。

ある運命の日、見知らぬ男がタラの家の前に現れた。タラの心は希望と懐疑の間で揺れていた。本当だろうか？宇宙は、彼女が切望していた奇跡を与えてくれるのだろうか？彼女は、失った息子を抱きしめたい、もう一度彼の顔を見て抱き締めたいと切望していた。しかし、知恵と慎重さが勝り、彼女はノイに真実の解明を託すことにした。

ノイは、タラへの忠誠心と自身の不確かな将来との間で葛藤しながらも、調査を引き受けることに同意した。彼はピートという見知らぬ男に出会い、ピートの目に映る真実を探し求めることになる。ピートは母子の思い出を語った。しかし、ノイの心の片隅に潜む影のような疑念は残っていた。

何日も何週間も、ノイはたゆまず真実を追い求め、記録や記憶を掘り起こし、ピートの主張を正当化する、あるいは否定する手がかりを探した。タラは期待で胸が重くなりながら、ノイがこの繊細な旅をナビゲートするのを見守った。彼女は彼の献身と成熟を賞賛した。

日を追うごとに、ノイはピートとの距離を縮め、見知らぬ彼の話を裏付ける共通の経験やつながりを見つけていった。しかし、彼は不安感を拭い去ることができなかった。もし彼が、それまで知っていた人生を打ち砕くような真実を知ってしまったら？タラの人生における彼の役割が減ってしまったら、あるいはもっと悪いことに、消滅してしまったら？

パズルのピースがはまるにつれ、ノイは深いジレンマに直面した。彼はピートの主張を裏付けるような証拠を発掘した。その真実は否定できないが、その意味は彼の心に重くのしかかった。かつて孤児としてやってきた青年は、今ではタラの力と愛の柱となっていた。ノイは家族、家庭、そして目的意識を見つけた。

静かな部屋で、ノイはタラとともに座り、心は重く、しかし決意を固めていた。そして、ピートの正体に関する真実を明らかにした。タラは涙で目を潤ませながら、喜びと喪失感の間で葛藤しながら聞いていた。彼女はノイを強く抱きしめた。

タラの決断は決まった。彼女はピートを自分たちの生活に迎え入れ、失った息子と新たに築く絆を認めた。ノイは不安だったが、タラの変わらぬ愛情に安らぎを覚えた。年月が経つにつれ、彼らの家族は成長し、運命は絡み合い、愛と受容と共有の歴史のタペストリーを織りなしていった。

それは、人間の心の回復力、型破りな家族の強さ、そして血の境界を越えた愛の不朽の力を証明するものだった。

□□□

愛の糸

癒しと家族の旅

日が経ち、週が経ち、月が経つにつれ、ラグーの息子スルジョに対する心配は募るばかりだった。スルジョの沈黙はラグーの心に重くのしかかり、コマル亡き後のふたりの溝を埋めようとしても無力だと感じた。

ある朝、ラグーが荷車を濡らし、近隣の村々に商品を売りに出かける準備をしていると、荷車の上に控えめに置かれた一通の手紙に気づいた。不思議に思った彼はそれを手に取り、紙を広げた。その筆跡には見覚えがあった。

「親愛なるババへ、

「母さんがいなくなってから、僕は君と話せなかったし、気持ちを分かち合うこともできなかった。私にとってはつらいことで、彼女を失ったことを受け入れるのに必死なんだ。彼女のいない毎日は空虚に感じる。我が家の隅々で彼女を見かけるが、彼女がもうここにいないことを実感するのはつらい。

心配してくれているのは分かっているんだけど、気持ちを表現する言葉が見つからないんだ。誰とも分かち合えない重荷のように感じる。時々、マー君が以前していたような手助けができないことに罪悪感を感じることがある。彼女は私たち家族の支えだった。

ババ、君を締め出したことを謝りたい。それは、私があなたを愛していないとか、あなたが私たちのためにしてくれるすべてのことに感謝していないからではない。あなたは私のために懸命に働いてくれている。私が必要なものをすべて手に入れられるように、あなたがどんな手を尽くしてくれているかがわかる。でも、マーがいないと自分の居場所が見つからないんだ。

あなたが私に勉強を続けてほしいと望んでいることは分かっています。ただ、マー君を失った痛みがまだ生々しくて、今は他のことに集中できないんだ。理解してほしい。

癒しの時間が必要なんだ、ババ。私はマー君の不在を受け入れる方法を見つけなければならない。私のことはあまり心配しないでください。自分のことは自分でする。

愛をこめて、スルジョ

ラグーは手紙を読みながら、目に涙を浮かべた。彼はようやく息子の痛みの深さを理解し、スルジョが最愛の母を失ってどれほど苦しんでいるかを理解した。ラグーは辛抱強く、スルジョが癒やされるのに必要なスペースを与えなければならないと思っていた。

それから数週間、ラグーはスルジョのために食べ物を置き続け、孤独を求める息子を尊重した。彼は、スルジョがその気になっている以上に話したり、分かち合ったりすることを強要することなく、父親としてサポートすることに集中した。ラグーも定期的に近くの寺院を訪れ、自分と息子の力と導きを祈るようになった。

ある晩、ラグーが長い一日の売り歩きを終えて家に帰ると、庭のグアバの木の下でスルジョが物思いにふけっていた。ラグーはそっと彼に加わると、二人で黙って座り、満天の星空を眺めた。

しばらくして、スルジョが優しく話しかけた。この痛みとどう向き合えばいいのかわからない」。

ラグーはスルジョの肩にそっと腕を回して言った。彼女は私たち家族の中心であり、彼女を失うことは私たち夫婦にとって最も辛いことだった。しかし、私たちにはお互いがいて、共に癒し、前進する方法を見つけることができる」。

スルジョはついに泣き崩れ、ラグーは彼を抱きしめた。その瞬間から、ふたりは互いの感情を分かち合うようになり、悲しみを分かち合うことに慰めと強さを見出した。

日が経つにつれ、父と息子の絆は強くなっていった。彼らは互いに支え合うことを学び、苦しみの中にいるのは自分たちだけではないと知ることで慰めを得た。スルジョは徐々に勉強に取り組み始め、ラグーはその一歩一歩を励ました。

ある日、スルジョは屋台の準備を手伝ってラグーを驚かせた。「ババ、僕は今日一緒に行きたいんだ。

ラグーは微笑み、その心は希望と感謝で満たされていた。「今日は学校がないのか？スルジョは、今日は学校に行かずに彼と一緒にいたいと答えた。ラグーは微笑み、その心は希望と感謝で満たされていた。村から村へと一緒に歩き、商品を売り、客と触れ合ううちに、彼らはチームとしての生活を再建し始めた。

日々は順調に進んでいた。ある日の午後、スルジョは学校から帰ると、家に人がほとんどいないのを見つけた。父親と話をしていた親戚のおじさん、おばさんたちだ。父親の再婚について話し合っているのを耳にしたのだ。隣の村にラニという貧しい少女が孤児として叔父と叔母のところにいるという。彼らは花婿となる男性を見つけ、ラグーが同意すれば、かわいそうな少女を不幸から救おうとした。ラグーはいつもそれを否定し、自分は息子と一緒で構わないし、スルジョの感情を傷つけたくないと言う。

親戚が帰った後、スルジョは父親のところへ行き、「寂しくて再婚したいのか」と尋ねた。これにはラグーも反応せず、「大丈夫、幸せだ」と冷静に答えた。スルジョは、父親が再婚しないのは自分のせいだと思い、深い罪悪感を感じずにはいられなかった。

ある晴れた日、スルジョは勇気を出して父親に自分の気持ちを打ち明けた。ババ、悩んでいることがあるんだ。私はあなたに幸せになってほしいし、結婚することがあなたに幸せをもたらすのであれば、私はそれでいいと思う。私は、あなたが人生を前に進めない理由になりたくない」。

スルホの言葉にラグーは驚いた。彼は息子の目を見て言った。僕は君を愛しているし、君の幸せが僕のすべてなんだ。でも、結婚してもお母さんの代わりにはならないし、私がお母さんを恋しく思う気持ちは変わらないということをわかってほしい。失った人の代わりをすることはできないが、幸せになるための新しい方法を見つけ、彼らの思い出を心に留めておくことはできる」。

スルホは目に涙を浮かべながらうなずいた。「分かってるよ、ババ。私の気持ちが、あなたが人生の他の側面で幸せを見つけるのを妨げてほしくない。私はあなたに幸せになってほしいし、あなたが結婚することがその幸せをもたらすと考えるなら、私はあなたの決断を支持する」。

ラグーは息子を強く抱きしめ、スルジョが成熟した無私の青年になったことを誇りに感じた。「ありがとう、愛しい息子よ」とラグーは言った。「あなた方の理解と愛は、私にとってかけがえのないものです。一緒にこの一歩を踏み出そう。そして約束しよう、何があっても、私たちはいつもお互いのそばにいる″

その一言で、駿城の肩の荷が下りた。父と息子の絆は、人生の新たな章を共に歩む中で、より強くなっていった。

ラグーの結婚が決まり、スルジョは父親のそばで誇らしげに新しい家族を迎えた。ラグーの新しい妻は理解があって優しく、スルジョの母の思い出を大切にしていた。スルジョは徐々に継母に心を開くようになり、2 人は強い絆で結ばれた。

時が経つにつれ、彼らの家族は癒され、コマルの死が残した空白を埋めることはできなかったが、彼らは互いに分かち合う愛とサポートに喜びを見出した。スルジョは母との思い出を大切にし続け、継母はスルジョとラグーの力強さと愛の柱となった。

喪失の痛みが完全に消えることはないが、愛と理解は、人々が最も暗い時を乗り越える道を見つける助けとなる。癒しの旅の中で、スルジョとラグーは家族の本当の意味、つまり血縁だけでなく、共感、思いやり、愛によって築かれる絆を見出した。

□□□

超越する絆

アーリアンとラフールという 2 人の少年は、同じ屋根の下で一緒に育った。アーリヤンは幼くして両親を亡くした孤児であり、ラーフルは裕福な家のオーナー、ラジディープ・ヴェルマ氏の息子に過ぎなかった。ふたりの少年は同い年だったが、その人生は最初から異なる道を歩んでいた。

二人が成長するにつれ、ラーフルの心には恨みの種が根を下ろした。彼はアーリアンの存在に脅威を感じ、孤児が両親の愛情や関心を奪ったのだと考えた。この嫉妬から、ラウールはアーリアンに反感を抱き、無関心で、残酷にさえ接するようになった。

家の外では、アーリアンは学校で別の困難に直面した。他の子供たちは彼を執拗にいじめ、孤児であることを馬鹿にし、背の低さを嘲笑した。苦難にもかかわらず、アーリアンは強くあり続け、回復力と内なる強さに慰めを見出していた。

時が経つにつれ、2 人の関係は徐々に変化していった。アーリアンとラウールが成長するにつれて、ラウールは自分の不安の向こう側を見るようになり、アーリアンのユニークな資質に気づいた。彼はアーリアンの揺るぎない優しさ、穏やかな性格、ユーモアのセンスを賞賛していた。徐々に恨みの壁が崩れ始め、真の兄弟愛の絆が生まれた。

大人になるにつれ、アーリアンとラウールの兄弟愛はより深いものへと深まっていった。二人は社会の常識を覆すような方法で互いに惹かれ合っていることに気づいた。二人が交わした優しい視線や思いやりのある仕草は、二人の気持ちが愛に似たものへと発展していることを物語っていた。

ある運命の日、アーリアンとラウールの秘密の恋は、ヴェルマ氏とその妻に知られてしまった。ショックを受け、憤慨した彼らは、孤児である少年に対する息子の気持ちを受け入れることができなかった。彼らはそれを忌むべきもの、一族の名誉と名声を脅かすものと見なした。

怒りと偏見のあまり、ヴェルマ氏はアーリヤンを家から追い出し、よそ者のように追い払った。拒絶の痛みは、愛と受容だけを切望してきたアーヤンにとって計り知れないものだった。彼の心は砕け散り、気がつくと彼は孤独に打ちひしがれ、かつて故郷と呼んでいた場所から追放されていた。

打ちのめされながらも決意を固めたアーリアンは、自分探しの旅に出た。彼は近くの都市に安らぎを見出し、そこで新たな生活を築いた。試練を通して、アーリアンは愛と受容の真の意味を学び、それが社会の厳格な規範に縛られるものではないことを理解した。

拒絶されても、ラーフルはアーリアンを愛することを止めなかった。彼は自分の感情の深さと二人の絆の強さを実感した。やがてラーフルは両親の偏見に立ち向かい、アーリア人への愛を貫いた。

数ヶ月の混乱の後、ラフールの愛と決意がついに勝った。ヴェルマ夫妻は、アーリアンとラウールの間に本物の愛情があることを知り始めた。愛に境界線はなく、深い傷さえも癒すことができることを、2人はゆっくりと理解した。

贖罪の瞬間、アーリアンは家族の一員として迎え入れられた。ヴェルマ一家は、受け入れる力、理解する力、そして無条件の愛がもたらす深い影響を学んだ。彼らを取り巻く社会は変わり始め、社会規範を超越する愛の力を受け入れるようになった。

アーリアンとラウールが手を取り合って立っているとき、ふたりの愛は時の試練と逆境に耐えてきたことがわかった。彼らの旅は、愛が偏見や不寛容に直面しても心をひとつにし、すべてに打ち勝つ力であることを教えてくれた。彼らは共に、他の人々が従うべき模範を示し、愛が憎しみや偏見に打ち勝つことを証明した。

□□□

引き裂かれた運命の糸

緑豊かな野原と揺れるヤシの木に囲まれた小さな村に、ミーラとタラという姉妹が住んでいた。二人は双子だったが、性格はこれ以上ないほど違っていた。姉のミーラは物静かで従順だったが、妹のタラは活発で支配的だった。対照的な性格のふたりだが、決して切れることのない絆で結ばれていた。

成長するにつれ、ミーラは村の心優しく魅力的な青年ラージと深い恋に落ちた。ラージは彼女の愛情に応え、二人の愛は香り高いジャスミンと村の祭りのメロディーの中で花開いた。ミーラの心は喜びで高鳴り、自分のラブストーリーはおとぎ話のような結末を迎える運命にあると信じた。

しかし、運命には別の計画があった。タラは、ミーラがラージと幸せそうにしているのを見て、姉の愛がうらやましくなった。支配とコントロールへの欲求が彼女を突き動かし、ラジを自分のものにしようと決意した。狡猾な手練手管と欺瞞によって、彼女はラージの注意を引きつけ、自分を彼の理想的なパートナーに仕立て上げた。

二人の姉妹の間で揺れ動くラージは、最終的にミーラではなくタラを選んだ。傷心のミーラは、打ちのめされながらも、妹の幸せのために無私の愛を犠牲にした。傷ついた気持ちを抑えながら、彼女は新婚夫婦の幸せを祈り、世間から自分の痛みを隠して物陰に引っ込んだ。

人生は進み、タラとラージは一緒に生活を築き、結婚１年後には女児が誕生した。ミーラが孤独の中で流した静かな涙を知る由もなく、村人たちは喜びを祝った。ミーラは、夢見ていた妹の生活を目の当たりにするのが耐えられなかった。

ある運命の日、悲劇が起こった。タラは過酷な事故に遭い、結婚生活や娘の記憶、さらには自分自身のアイデンティティまで、すべての記憶を失ってしまった。事故のニュースは野火のように村中に広がり、誰もがショックと絶望のどん底に突き落とされた。

混乱の中、ミーラは岐路に立たされた。姉の人生が崩壊していくのを黙って見ているわけにはいかない。重い気持ちで、彼女は彼らの人生を永遠に変える決断をした。彼女はタラの代わりに家族の一員となり、ラージの妻、そして娘の母親となることを選んだ。

ミーラは新しい責任を引き受け、妹の子供を自分の子供のように育てた。彼女は無邪気な少女に愛情を注ぎ、温かく見守っていた。秘密を抱えながらも、ミーラは姪の笑顔に慰めを見出した。

日が経ち、週が経ち、月が経っても、タラの記憶はつかみどころがなく、過去の影に覆われたままだった。一方、ミーラは新しい生活に順応し、ラージへの愛と内に秘めた罪悪感との間で綱渡りをしていた。

ある日、村の寺院のそばで、タラの回復と見せかけの芝居を続ける力を祈っていたとき、彼女は肩になじみのある手を感じた。振り返ると、ラジがいた。彼の目は感謝と慈愛に満ちていた。何かがおかしいと感じ始めていたが、怒りではなく、ミーラの無私の犠牲に対する感謝の気持ちしかなかった。

ミーラは弱気になった瞬間、ラージに真実を告白し、彼への愛の深さと、自分の幸せを犠牲にしてでも家族を守りたいという願望を明らかにした。彼女の誠実さに深く感動したラージは、彼女の行動の強さと気高さを認め、強く抱きしめた。

時が経つにつれ、タラの容態は回復したが、彼女の記憶は失われたままだった。徐々に自分の人生を取り戻し始めたとき、彼女はミーラとの間に言い知れぬ絆を感じた。

ミーラは姉を支える柱であり続け、2 人の絆と姪の思い出をいつまでも大切にした。村人たちは彼女の溌剌とした姿に感心していたが、その裏に隠された複雑な事情には気づいていなかった。

最後に、ミーラの愛と犠牲は、姉妹愛の不朽の力と人間の精神の強さの証となった。この教訓を彼女は優雅に受け入れ、家族の幸せの静かな守護者として自らの運命を切り開いた。

□□□

秘密のベール

古風な町ローズウッドで、15 年もの間埋もれていた暗く恐ろしい秘密が解き明かされようとしていた。この謎の中心には、ある母親と息子の悲劇的な物語があった。

15 年前の月夜の晩、町は不可解な事件で震撼し、誰もが困惑した。優しさと温かい笑顔で知られる愛情深い母親サラ・ジョンソンは、一人息子のマイケルが悲劇的に姿を消したとき、大きなショックを受けた。町中が少年を懸命に探したが、跡形もなく消えてしまったようだ。

数日が数週間に、数週間が数年になるにつれて、事件は冷え込み、マイケルが生きて見つかる望みは薄れていった。サラは悲しみと罪悪感にさいなまれ、世捨て人になった。しかし、悲しみに満ちた表情の裏には、彼女の魂を蝕む秘密があった。

誰も知らないうちに、サラはマイケルの失踪に関与していた。運命的な夜の悲劇的な事故だった。母と息子の激しい口論が原因で、マイケルが意図せず突き飛ばされ、急な坂を転げ落ち、彼の命は一瞬にして絶たれた。恐怖とパニックに苛まれたサラは、事故だとは誰にも理解されないと確信し、真実を隠すことにした。

それからの数年間、サラは絶え間ない苦悩の生活を送った。彼女が浮かべる笑顔は、良心の呵責に苛まれる悲しみと罪悪感を覆い隠す、単なる仮面に過ぎなかった。その秘密の重さは耐え難いもので、彼女はしばしば告白を考えたが、自由や夫の愛などすべてを失う恐怖が彼女を沈黙させた。

ある日、ローズウッドに引っ越してきたばかりのベテラン捜査官アレックス・ターナー刑事に運命の出会いがあった。マイケル・ジョンソンの未解決事件に惹かれたアレックスは、謎の失踪事件の真相を解明しようと独自の調査を開始した。過去を深く掘り下げるにつれ、少年を失った悲しみに暮れる人々や、サラに疑念を抱く人々に出会った。

アレックスは調査の過程で、ある奇妙なパターンに気づいた。マイケルの名前が出るたびにサラの不安を感じ取り、彼女の反応が彼の興味をそそった。まだ何かあると直感した彼は、彼女の過去を深く掘り下げることにした。

刑事は少しずつ証拠を集め、目撃者に話を聞くうちに、パズルを組み立てていった。サラの不安と回避行動は、誰かが暗い秘密を隠していることを示す兆候だった。彼は、サラがマイケルの失踪について口外する以上に知っているかもしれないと思わせる証拠の数々を無視することはできなかった。

ある日、アレックスは慈愛に満ちた目でサラに近づき、打ち明けるよう優しく促した。15 年ぶりにサラの心の壁が崩れ始めた。彼女はもう一人で罪の重荷を背負うことはできなかった。涙を流しながら、彼女はついにアレックスに運命の夜に起こったことを告白した。

ターナー刑事はサラに心を痛め、彼女があまりにも長い間、自分の行為の重みを背負ってきたことを認識した。しかし、彼は真実を明らかにしなければならないことも知っていた。正義が公正に遂行されるようにしながら、秘密を公表する計画を練ったのだ。

マイケルを愛した人々に囲まれた町内会の集まりで、サラは自分の過去と向き合い、暗い秘密を告白する勇気を見つけた。真実が明らかになるにつれ、観衆は唖然とした沈黙のうちに耳を傾け、ショックと悲しみの感情がローズウッドに押し寄せた。

サラの暴露は多くの人生を打ち砕いたが、町は最終的に彼女の悲しみと罪悪感の深さを理解した。悲劇を前にして、許しが生まれ始め、人間のもろさを思い知らされた。

サラが自分の行動の法的結果に直面するにつれ、ローズウッドの町は徐々に癒されていった。息子を殺した母親の悲劇的な物語は、思いやりと、どんなに苦しくても真実と向き合うことの大切さを教えてくれる教訓となった。

その後の数年間、マイケルの名誉のために記念碑が建てられ、短い生涯の間に多くの人の心を動かした少年を思い起こさせた。そしてローズウッドに日が沈むと、新たな共感と理解が根付き、マイケルを愛する人々や彼の物語から学んだ人々の心に、マイケルの記憶が永遠に刻まれることになった。

□□□

情熱のベールに包まれたヴィジョン

西ベンガル州の賑やかな都市のひとつ、アサンソールの中心部にアルジュンという少年が住んでいた。歳の彼は、独特の魅惑的な美しさを持っていたが、それは彼の瞳に最もよく表れていた。アルジュンはその瞳を大切にし、癒しと理解を求めて鏡を見つめながら、その瞳に映る自分に没頭していた。

アルジュンの目に対する愛情は深く、安らぎとつながりを見出す聖域だった。彼は黙って座り、自分の視線に映る自分の姿を見つめる。それは、自分を取り巻く厳しい現実から逃れるための儀式だった。しかし、この親密なつながりは秘密に包まれていた。アルジュンは、自分の弱さを世間にさらけ出すことがもたらす結果を知りすぎていたからだ。

アルジュンは詮索されないように、インド古典舞踊への情熱を育んでいった。それは彼の精神を高揚させる表現方法であり、彼の心の動きと呼応する影と優美さのダンスだった。しかし、この愛は父の怒りを恐れ、世間から隠されたままだった。

アルジュンの父親は短気で容赦がなく、家庭に長い影を落としていた。少年の心は情熱や夢を分かち合いたいと切望していたが、父親の支配が彼を囚われさせ、本当の自分を隠したまま物陰に引きこもらせた。

ある運命の日、太陽が低く垂れ込める中、アルジュンの父親は彼の秘密を偶然発見した。少年の視線は鏡に映った自分の姿と重なり、一瞬の気の緩みが露呈した。父親の怒りは大嵐のように吹き荒れ、アルジュンが育んできた繊細な聖域を粉々に打ち砕くほどの勢いだった。渾身の一撃が彼に降り注ぎ、ボロボロに砕け散り、彼の世界は暗闇に沈んだ。

無慈悲な攻撃でアルジュンは意識を失い、頭には残忍な出会いの傷跡が残っていた。目覚めたとき、彼を取り巻く世界は一変していた。光は薄れ、曖昧になり、彼が憧れていた美はもはや見ることができなかった。

暴力に目がくらみ、ダンスアーティストになるというアルジュンの夢は打ち砕かれ、新しい現実に適応するための絶え間ない闘いに取って代わられた。彼の情熱の象徴であった、愛情をこめて目に塗ったカジャルは、いまや彼の視力のないまなざしを飾るだけで、何の意味もなさない。

アルジュンの祖父は、知恵と思いやりにあふれた人物だった。彼はアルジュンと母親のそばで、アルジュンの父親の圧制に屈しなかった。逆境に直面しながらも、2 人の絆はさらに強くなり、家族の絆の強さを証明するものとなった。

父親が去ったことで、アルジュンの人生は別の道を歩むことになった。母親と祖父は彼の力強い支柱となり、新しい現実という未知の海を進む彼を導いてくれた。肉体的な闇が彼を包んでいたにもかかわらず、アルジュンの精神は逞しく、ダンスへの抑えがたい情熱に支えられていた。

時が川のように流れる中、アルジュンは自分自身を再定義する旅に出た--状況の犠牲者としてではなく、自分自身の運命の戦士として。母親と祖父のサポートと愛情に導かれ、彼は再びダンスに慰めを見出した。その一歩一歩が、彼の揺るぎない決意の証だった。

アルジュンの物語は、忍耐、愛、そして暗闇に閉じ込められることを拒否した個人の不屈の精神の物語として、時の回廊に響き渡った。彼の旅は、たとえ逆境に直面しても、心の望みは繁栄し、家族の絆の力は私たちを飲み込もうとする影を超越できるという真実を照らし出した。

□□□

禁断の愛のささやき

コルカタでも有名な真夜中の繁華街の一角にある、薄暗い小さな部屋で、静かな悲劇が繰り広げられていた。粗末な柱には汚れたシーツが敷かれ、その下にはラニという若い女性の生気のない姿が横たわっている。鴉のような長い黒髪が枕の上に流れ、天井を無表情に見つめる顔を縁取っている。かつては生き生きとして夢に満ちていた彼女の瞳は、いまや永遠の虚しさを宿している。彼女の胸には波乱万丈の過去の傷跡があり、彼女が耐えた苦難の証である。

ベッドの足元には質素なテーブルが置かれ、2冊の本と半分しか入っていない水差し、そしてまだ水が残っているコップの重みに耐えている。部屋は重苦しい雰囲気に包まれ、語られることのない物語が、呪われたメロディーのように漂っている。

この陰鬱な空間に、スルジョという名の少年が飛び込んできた。彼の視線は、ベッドに横たわる生気のない人物のほうにちらちらと向けられ、悲しみと回避が入り混じったような表情を浮かべた。感情に圧倒された彼は、目の前の厳しい現実から身を守ろうとするかのように、両手で自分の顔を押さえ、背を向けた。

スルジョの心は重い重荷を背負っている--闇と絶望の中で咲いた愛。ベッドの上の少女は、幼い頃に売春という非人間的な世界に押し込められ、辛い道を歩んできた。しかし、彼女の人生を包む影の下には、知識と学習への熱烈な愛があった。彼女は、自分の存在の枠を越えて心を運んでくれるような物語、詩、話を切望していた。

彼女の願いを叶えてくれたのはスルジョだった。彼の訪問は、彼女に逃げ場と希望の光を与えてくれる本で区切られていた。ささやくような会話や語りの共有を通じて、彼らのつながりは深まり、境遇を超えた絆で結ばれた。そしてその隠された親密さの中で、愛は静かに優しく花開いた。

しかし、愛は強さの源にも弱さの源にもなり得る。互いへの思いは世間から隠されたままであり、抑圧的な判断や社会規範に縛られていた。しかし、二人が分かち合った秘密の時間の中で、二人の愛は燃え上がり、二人を捕らえていた厳しい路地を越えた未来への夢に火をつけた。

かつては希望の光であったスルジョが、今は心を痛めるような事実に直面している。別の女性との結婚が間近に迫っているという知らせは、彼の魂に突き刺さり、あえて育んできた夢を打ち砕く。義務と伝統が彼の愛のもろい光を消し去ろうとし、彼は将来の約束と心の奥底との間で引き裂かれたままになっている。

伝統と社会の期待に左右されがちなこの国で、スルジョは岐路に立たされ、彼の心は相反する方向に引っ張られる。部屋の埃っぽいカーテンがそよ風にそよぎ、言葉にならない夢や欲望の重みを背負う中、スルジョは自分自身の自己発見と回復の旅に立ち向かわなければならない。

逆境をものともしない愛で結ばれたスルジョとラニの物語は、愛の粘り強さと、逆境の中で慰めを求める人間の精神の不屈の能力の本質を捉えている。彼らの人生のタペストリーの中で、情熱、犠牲、希望の糸が絡み合い、社会の制約に直面した愛の複雑さを物語る。

□□□

レジリエンスのささやき

生命と物語で賑わう街ペシャワールの中心で、困難と夜を包む暗闇の中、思いがけない絆が生まれつつあった。リハンは 14 歳の少年で、継母の虐待とネグレクトから逃れるために家を飛び出した。28 歳の孤児であるアシフは、ストリートの苦闘を通して若い魂を導くことに自らの目的を見出した。

月が静かな通りに淡い光を放ち、ホームレスの疲れた体が磨り減った舗道で休息を取っている。ボロボロのシーツに覆われ、容赦ない寒さに対して最低限の快適さしか得られなかった。街のリズムは緩やかになっていたが、数少ない決意を固めた者たちは、生き残るための十分な収入を得るために夜勤の準備をしていた。

ある夜、アシフの目がリハンの疲れた視線と重なり、少年の顔に刻まれた絶望を認識した。リハンが徒歩で 2 日間の旅を終えてお腹を空かせ、この街に到着したのは 1 年前のことだった。抑圧的な家庭から逃れた彼は、この容赦のない通りにたどり着き、そこで生き残ることだけを追い求めるようになった。

共感とリハンの痛みへの理解に導かれ、アシフは思いやりの手を差し伸べた。信頼が希薄なこの世界で、彼はリハンにその場しのぎの家族--路上生活者同士の小さなグループ--を提供した。

アシフは、孤児として、伝統的な家族の暖かさとは無縁に育った自身の苦悩を語った。彼はリハンのメンターとなり、ストリートで生き残るための暗黙のルール、つまりどこで食べ物を見つけるか、街の危険をどう切り抜けるか、絶望と希望の分かれ目となる人脈をどう築くかを教えた。

夜中の最も暗い時間帯に、レハンとアシフは心のこもった会話を交わした。彼らは夢や願望、そして明るい未来の可能性について語った。リハンの若さゆえの熱意は、アシフの心に再び火をつけ、暗い状況にあっても希望を育むことの大切さを思い出させた。

アシフとリハンの絆は深まった。路上での小さなコミュニティは、避難所となり、メンバーそれぞれがユニークな役割を果たす支援の天国となった。リハンの回復力と学ぶ意欲は、周囲にインスピレーションを与える源となった。

リハンの傷跡は徐々に癒え始め、新たな強さと帰属意識に変わっていった。アシフの指導のもと、彼は自らの可能性を見いだし、生き残るための闘いの合間を縫って読み書きを学んだ。日が経つにつれて、リハンの願望は単なる生存を超えたものとなっていった。彼はストリートを超えた人生、約束と目的を持った人生を夢見るようになった。

この逆境と勝利の物語の中で、アシフとリーハンは状況に抗う戦いの中で、思いがけない同盟者となった。彼らの物語は、人と人とのつながりの力、暗闇の中にさえ光を見出す力、そしてどんな困難にも負けずに希望を育む力を証明するものだった。ペシャワールの静寂に包まれた通りが、彼らの旅の証人となった。かつて実現不可能だと思われていた未来への道を、彼らの共通の決意が切り開いたのだ。

□□□

ユア・アイズ・マイ・ビジョン

バンコクのにぎやかな通りで、ピートという名の盲目の少年の奇跡的で並外れた旅が始まろうとしていた。生まれつき視力を持たない彼は、15 年間を孤児院で過ごし、他の感覚を通して世界を感じていた。彼の人生が驚くべき展開を見せることになるとは、彼は知る由もなかった。

ある運命的な日、ピートは自分と同じ孤児だったサケットが亡くなったという知らせを受け、惜しみなく目を提供した。医師たちは移植を成功させ、ピートの世界は永遠に変わろうとしていた。包帯が外され、目が光に慣れるのを待つ間、彼は信じられないように瞬きをした。生まれて初めて、彼は周りの世界を見ることができた。

孤児院の外に出ると、鮮やかな色彩、賑やかな人ごみ、無数の光景に圧倒された。触覚と聴覚でしか知らなかった世界の美しさに驚嘆し、一歩一歩が新しい体験だった。しかし、彼の新たな才能には思いがけない展開が待っていた。

夜、ピートが眠ろうと目を閉じると、見慣れない光景が見え始めた。まるで他人の人生を垣間見るかのように、さまざまな無関係で不可解な行動を目の当たりにする。この幻視は彼に興味をそそると同時に恐怖を与え、何が起こっているのか理解できなかった。

日が経つにつれ、ビジョンはより鮮明に、より頻繁に見えるようになった。ピートは、その目を受け取った人物の人生を見ることができた。彼は、犯罪行為に関与し、暴力と混沌の痕跡を残す邪悪な行為を行なっている謎めいた正体不明の人物の姿を垣間見た。

そのビジョンと他人の目を通して見る罪悪感に悩まされながら、ピートはサケットの過去に隠された真実を暴く旅に出た。孤児院の世話人の助けを借りながら、彼はビジョンから断片的な情報を集め始めた。すべてを理解しようと決意したピートは、答えを見つけるために旅に出た
。

彼の旅はバンコクの知られざる一角やタイの素晴らしい風景へと彼を導いた。その道中、彼は正体不明の犯人の行動によって人生を左右された人々に出会った。正義を求める被害者もいれば、過去を消そうとする共犯者もいた。

ピートは犯罪の裏社会に深く入り込むにつれ、危険な状況に巻き込まれていった。ビジョンは

さらに激しくなり、正体不明の人物の正体や動機に関する衝撃的な真実が明らかになる。ピートは知らなかったが、彼とつながりのあった犯罪者はまだ生きており、ピートが自分の目に憑依していることに気づいていた。

ある運命的な夜、ピートがパズルの最後のピースを解き明かす寸前に、正体不明の人物が彼を追跡してきた。心臓が止まるような瞬間、銃声が鳴り響き、ピートは焼けるような痛みを感じた。彼は地面に倒れ、世界は再び闇に包まれた。

しかし、ピートの旅はこれで終わりではなかった。病院のベッドに横たわり、世話人や友人に囲まれながら、彼はそのビジョンが借り物の記憶以上のものであることに気づいた。どんな人生にも秘密や葛藤があり、その旅路は人それぞれであることを思い出させてくれた。

人間の複雑さと共感を新たに理解したピートは、世界を違った角度から見ることができるようになった。サケトの目は、他人の人生をより深く洞察する力を与え、彼はこの知識を使って世界に良い影響を与えることを誓った。

こうして、目を借りた盲目の少年は希望の光となり、その並外れた旅路で人々を鼓舞するようになった。結局のところ、ピートを決定づけたのは肉体的な視覚ではなく、心のビジョンだった。

□□□

法螺貝の時ならぬ響き

ロックダウンは全国で成功している。仕事も屋外での動きもない。たった2週間で人生がつまらなくなった。食事、テレビ、読書、睡眠で時間をつぶす。

私たち夫婦はコルカタの巨大なアパートに住んでいる。私は大学教授だ。この1カ月間、私の大学だけでなく、すべてが閉鎖されていた。店は閉まり、市場も閉まり、オフィスも閉まっている。

ロックダウンは私たちの日常を変えた。今は朝7時ではなく10時に起きて、朝食をとり、テレビを見て（新聞もない）、4 階にあるアパートの4つの壁の中をあちこち歩き回る。私たちのアパートは、リバー・ビュー・ソサエティの 5 つのアパートのうちの1つだ。各アパートは5階建てで、各階に4つのアパートがある。

******

こんなことがあった。昨日は一晩中、古いクラシック映画を見て過ごした。そのため昼過ぎに目が覚め、冷蔵庫にあった野菜でどうにか昼食用の料理を作り、疲れていたので食べて寝た。

再び目を覚ますと、すでに真夜中だった。妻は、夜のお祈りを捧げなければならないのに、寝ている私を起こさないでと怒鳴った。私は謝り、数時間経てば夜が明けるから忘れるように言った。だから、彼女は最終日の夜の祈りと朝の祈りを一緒にすることができた。彼女は、私たちが朝の祈りと夜の祈りを欠席したのは悪い前兆かもしれないと主張した。

私は政府から給料を満額もらっていたにもかかわらず、コーチングの授業はお休みで、1 カ月以上もコーチングからの収入が途絶えていた。

すぐに着替えてお祈りをし、眠りにつくと彼女は言った。私は最終的に同意した。彼女がすでに決めている真夜中に、この話題で彼女と議論することはできないからだ。そこで彼女はベッドを出て隣の部屋、祈祷殿に行き、私はベッドに残って眠りを取り戻そうとした。

突然、法螺貝の音で目が覚めた。すぐにベッドから起き上がり、祈祷殿に向かった。妻は、永遠の祝福を受けるという目標を達成したかのように、笑顔で法螺貝を元の場所に戻していた。

「何をしたんだ、ダーリン？

「どうして？法螺貝を吹いただけだ」。

「気は確かか？真夜中に法螺貝を吹くのか？それがどんな結果をもたらすかわかっているのか？

″ああ！忘れていたよ。電気を消してベッドに戻ろう」。

私たちはベッドに戻り、電気を消した。数分後、また別の法螺貝が吹かれ、また別の法螺貝が吹かれ、こうして何本もの法螺貝が鳴り響いた。私は妻にこうささやいた。

突然、ドアのベルが鳴った。

「これからどうするの？

「わからない。無視してください」と私は答えた。

ベルは鳴り続け、ついに私たちはベッドから起き上がり、居間に来た。

「どうしました、チャタジーさん？私はドアの前にいた人に尋ねた。

「いいえ、違います。私はチャタルジーではありません。私はダスグプタだ。まだ寝ているのか？とアニル・ダスグプタ氏は私に尋ねた。

「どうしたんだ？

「何も聞いてないのか？私たちの町を地震が襲った。音をよく聞いてください」と彼は答えた。

さまざまなアパートや地区から、まだ法螺貝が吹いていた。ベンガルのどの地域でも、地震を見たり感じたりしたら、法螺貝を吹いて周囲に知らせ、皆が家から出て、広くて安全な場所に集まるようにする習慣がある。

私は妻と顔を見合わせ、妻は私の言っている意味を理解した。私たちは深い眠りの中にいた。

「さあ、急いで家を出よう。他のみんなはもうアパートを出て行ったよ」。

「そうだ。今から行く」。

それから私は妻に、何も言わずに黙っているように言った。私たちはどうにかしてアパートから出てきた。私たち以外の全員が真夜中にすでにそこにいて、皆の顔に恐怖とパニックが浮かんでいるのを見て驚いた。

私たちの状況は素晴らしかった。自分たちのせいで始まった状況をすべて消化することもできなかったし、誰かにそう言うこともできなかった。

地元の警察が、鳴り響く法螺貝の発信源について尋ねてきたのは午前 2 時近くだった。警察官は激怒した様子で、この突然の騒動とパニックの理由を私たちに尋ねた。

地元はもちろん、それ以外の地域にもパニックが広がっていた。

夜中の 12 時過ぎ、人々は走り回り、叫び、あちこちで吠えていた。そしてそれは、警察をはじめとする政府関係者の頭痛の種となった。

こうして 2 時間近くが経過し、ようやく警察から、市内と国内に地震の情報は入っていないとの連絡が入った。

警察はまた、この噂を流した者は誰であろうと容赦せず、厳正な処分を下すと断言した。

妻と私は恐怖でほとんど麻痺し、立ちすくんでいた。ダスグプタ氏はまた私の近くに来て、私を小突いた。

何があったのですか、センさん？さあ、家に戻ろう。

そう、私は答えた。

妻が「今何時？

私は腕時計を見て、午前 3 時 25 分と答えた。

私たちは戻り、メインドアに鍵をかけようとしたとき、爆笑した。すぐに妻に注意され、私たちは引き返した。

この秘密は死ぬまで守らないとね」と言って、また笑った。

–終わり

著者について

スポンドン・ガングリ

スポンドン・ガングリは、2000 年に情報通信技術（ICT）の分野で教育者としてのキャリアをスタートさせた。長年にわたり、CISCE や CBSE の付属校を含め、インドの数多くの学校で専門知識を共有してきた。教育活動に加え、スポンドン・ガングリは作家としても大きく前進し、2019 年から作家としての道を歩み始めた。彼の文学作品は世界的な評価を得ており、権威あるアンソロジーのいくつかに彼の著作が掲載されている。彼の寄稿を含む代表的なアンソロジーには以下のものがある：「Letters Here to Hereafter", "The Great Indian Anthology" (Volumes 3 & 4), "Memories of Food" (A collective anthology, 2021), "Indian Poetry Review" (Classical) Award 2021, "The Literary Parrot" series -

3, ″The Spirit of Word″ (An International anthology, 2023) などがある。スポンドン・ガングリは熟達した作家として、読者の共感を呼ぶ本を何冊も書いている。代表作は『忘れられた愛 Unforgotten Love』、『手を握らせて』、『私を離さないで』など。スポンドン・ガングリのクリエイティブな世界をより深く知るには、彼の公式ウェブサイト *https://spondonganguli.com/*。そこには、この多才な作家でありアーティストに関する豊富な情報が掲載されている。

www.ingramcontent.com/pod-product-compliance
Lightning Source LLC
LaVergne TN
LVHW041853070526
838199LV00045BB/1572
* 9 7 8 9 3 6 0 1 6 7 9 6 7 *